루이나 이쉐이

우리 집은 어디인가 1

우리 집은 어디인가 1

1판 1쇄 인쇄 2003년 1월 1일
1판 1쇄 발행 2003년 1월 5일

지은이 | 루이나이웨이
옮긴이 | 전수정
사진 | 이병률

펴낸이 | 정은숙
펴낸곳 | 마음산책

편집 | 고은희 · 유병수   디자인 | 이지윤
영업 | 공태훈   관리 | 동미옥
등록 | 2000년 7월 28일 (제13 - 653호)
주소 | 서울시 서대문구 충정로 3가 270 (우 120 - 840)
전화 | 362 - 1452 ~ 4   팩스 | 362 - 1455
홈페이지 | http://www.maumsan.com
전자우편 | maum@maumsan.com

종이 공급 | 화인페이퍼
인쇄 | 한영문화사
제본 | 정민제본

ISBN 89 - 89351 - 33 - 2 04820
ISBN 89 - 89351 - 32 - 4 (세트)

* 책값은 뒤표지에 있습니다.

우리 집은 어디인가 1

루이나이웨이

마음산책

일러두기

본문 중 ( ) 속의 설명에 '─편주' 가 붙은 것은
독자의 이해를 돕기 위한 편집자 주석이다.

바둑은 우리의 놀이이자 신성한 노동이며, 삶이자 휴식처.

2002년이 저물어가는 때 우리에게 흥분될 만큼 기쁜 일이 생겼다. 맥심Maxim배 9단전에 남편과 대국을 치르게 된 것이다.

이번 맥심배는 네번째 대회다. 세번째 대회까지 장주주는 두 번이나 결승에 올랐었지만 난 한 번도 결승에 진출하지 못했다. 장주주는 이번에도 일찌감치 결승에 올라 있었지만 내 경우는 거의 가망이 없어보였다. 속기전에 약한 데다 유창혁과 대국해야 했기 때문이다. 그런데 뜻밖에도 내가 유창혁을 이기고 결승에 진출하게 된 것이다.

결승전에는 총 다섯 명이 진출하는데, 우리는 운 좋게도 서로 다른 조에 편성이 되어 결승전을 치르게 되었다. 결과적으로 나는 서능욱 9단과 정수현 9단을 이겼고, 장주주는 장수영 9단을 이기면서 '우리 둘이 한판 붙게' 된 것이다.

결승은 3번기로 승패를 가른다. 이 책이 나올 때쯤 제2국을 준비하고 있을 것이다. 제1국은 12월 28일, 바둑TV에서 실황 중계한다.

남편과 함께 결승에 출전하게 되어 굉장히 기쁘다. 우리는 최선을 다해 대국에 임하기로 약속했다. 이렇게 두 사람이 결승에서 만나게 된 좋은 기회를 헛되이 하지 말자고 서로를 격려했다. 우리에게 결과는 그리 중요하지 않다. 중요한 것은 과정인 것이다. 누가 이기든 우리는 똑같이 기쁠 것이다.

장주주와 결혼한 지도 10년이 되었지만 우리는 큰 일을 놓고 한번도 의견을 달리한 적이 없었다. 내 인생에 있어서 내가 가장 사랑하는 것 두 가지를 꼽으라면 바둑과 남편이다.

남편, 나, 그리고 바둑, 이 셋은 마치 뗄래야 뗄 수 없는 하나인 것이다. 만약 내세가 있다면 난 아마도 또다시 바둑기사가 될 것이고, 그의 아내가 되고 싶다.

인생에 대해 난 더 이상 다른 바람이 없다. 그저 남편과 함께, 그리고 바둑과 함께 영원히 함께하기를 바랄 뿐이다. 그동안 우리를 지지해주고 도와준 모든 분들께 감사한다. 그리고 생활과 운명에도 감사한다.

루이나이웨이

7

아무리 지옥 같은 곳이라도 바둑을 둘 수 있으면
내게는 천국이고, 아무리 천국 같은 곳이라도
바둑을 둘 수 없으면 내게는 지옥이다.

차례

2권 차례

3

1

우리 집은 어디인가

꿈속에서 나는 일본에 있었다.

바둑기사였던 나는 부당한 현실을 벗어날 수 있는 최선의 선택이라 믿고 13년 전에 가족들을 떠나 일본으로 건너갔다. 하지만 일본에서의 생활은 기대와는 너무도 달랐다. 연인이었던 주주와도 떨어져 지내야 했기 때문에 이중 삼중으로 견디기 힘들었던 그 시절을 잠깐이라도 다시 사는 그 꿈이야말로 내겐 더할 수 없는 악몽이었다.

6년 동안 살았던 일본을 떠나 주주가 있던 미국으로 갈 때까지 실제로 그랬듯이, 꿈속에서도 일본 사람들은 내게 바둑을 둘 수 있는 기회를 주지 않았다. 나는 일본에서 바둑을 두며 뜻한 바대로 살수가 없었다. 남들에게 바둑을 가르치는 노동으로 연명하며 긴 세월을 견뎌야만 했던 것이다. 그것은 되돌아보기에도 가슴 아픈 긴 시간들이었다.

'이것이 꿈이라면 얼마나 좋을까.'

나는 자면서도 슬퍼 목이 메었다. 꿈을 꾸며 막막한 심정으로 울다가 괴로운 신음소리를 내며 눈을 뜨자 어둠 속에서 고른 숨소리가 들렸다. 나는 두 손을 모아 가슴에 포개어 깊은 안도의 숨을 쉰 후 살그머니 주주의 손을 찾아 잡았다. 그럼 그렇지. 내가 있는 곳은 우리 집이 있는 한국이었다. 몇 년 전까지도 나의 육체와 정신이 정착하지 못하고 불안하게 떠돌던 일본도 미국도 아닌 우리들의 집이 있는 곳.

아직도 내겐 현실이 실감나지 않을 때가 종종 있다. 내 몫이 아닌 것만 같은 행복. 내 몫이 아닌 것만 같은 평화. 내 몫이 아닌 것만 같은 한국의 친구들. 그들을 통해 느끼는 편안함. 나는 어둠 속에서 주주와 나란히 누워 있는 이것이 꿈이 아닌 현실이라는 사실을 스스로에게 다시 한번 상기시켰다. 이곳에서는 원하던 대로 열심히 살아가면 되는 것이다. 이곳엔 주주가 있고, 우리 집이 있고, 내게 새 삶을 활짝 열어준 수많은 바둑 친구들이 있으니까.

악몽을 꾸고 난 날에는 이곳에서의 하루하루가 더 섬세하고 풍성하게 느껴진다. 한국에 온 지도 어느덧 4년이 다돼가지만 처음 오던 때의 감회는 여전히 기억 속에 생생히 남아 있다. 이제 나는 국제대회에 참가하기 위해 세계 곳곳을 여행할 때도 부모님이 계신 조국의 내 고향을 그리워하는 것 이상으로 우리 집이 있는 이곳을 그리워하고, 시합이 끝나자마자 돌아와 에너지를 재충전하며 이곳에서 해야 할 일들을 머릿속에서 떨쳐내지 못한다.

주주에게는 늘 미안하고 고맙다.

한국기원 이사회에서 주주와 나를 객원기사로 받아들이는 안건
이 통과된 후 비자를 보내겠다는 연락을 받은 지 불과 48시간 만에
나는 감격에 겨워 한국기원 사무실에 첫발을 들여놓았다. 한국기원
에서 국제속달로 보낸 비자가 열네 시간 정도 걸려 도착하자마자
한국영사관으로 달려가 비자를 받았고, 그 즉시 비행기표를 구입했
으며, 그 길로 날아와 새벽 6시에 김포공항에 도착한 후 기원이 문
을 열 때까지 기다렸던 꿈 같은 시간들. 나와 함께 외롭고 험난한
운명의 길을 헤쳐온 주주에게는 미안한 마음과 고마운 마음이 자리
다툼을 하던 내게 한국기원의 결단은 구원과도 같았다. 그건 주주
에게도 마찬가지였다.

미국에서도 주주가 옆에 있다는 것 외에는 일본보다 나을 것이
없었다. 그곳에서도 여전히 나는 바둑을 마음껏 둘 수 없는 상황 속
에 있었기 때문이다. 어쩌다 한두 차례 국제대회에 참가하는 기회
가 주어지긴 했지만, 그것은 고작 없는 것보다는 나은 정도였으며
바둑에 대한 근원적인 갈증만 증폭시켰다. 그런 과거의 생활에 비
해 현재 한국에서의 생활은 더없이 안정적이다. 무엇보다도 내가
그토록 원했던 바둑만 두며 살 수 있는 새로운 날들이 활짝 열린 것
이다. 사실 우리의 생활은 너무도 단순하다. 매일 아침 기원으로 출
근해 저녁에 집으로 돌아오는 틀에 박힌 생활이다. 가끔 바둑 대회
에 참가하거나 여행을 할 때가 아니면 하루하루가 똑같은 생활이지
만, 바로 이런 생활을 주주와 나는 그토록 원했던 것이다.

시합이 있는 날은 평소보다 조금 빠른 9시 50분에 집을 나선다.
모든 삶을 바둑이라는 특수한 환경에 맞추고 살기 때문에 우리는

운전도 하지 않는다. 평소 같으면 택시 안에서 노랗게 물든 은행나무를 내다보며 다소 감상적이 되기도 하지만 시합이 있는 날에는 머릿속에 바둑 외엔 다른 것이 들어설 자리가 전혀 없다. 10시에 대국이 시작되고 휴식시간인 오후 1시가 되어도, 다시 대국이 진행되고 휴식시간도 없이 진행된 시합이 5시에 끝나도(이따금 밤 9시 무렵 대국이 끝날 때도 있다), 엄청난 육체의 피로를 견디게 하는 것은 내가 바둑을 두며 살고 있다는 뿌듯함 때문이다.

시합이 없는 날은 오전 10시가 조금 넘은 시간에 집을 나선다. 그리고 기원까지 걸어가서 종일 공부한다. 그런 날엔 기원 옆에 있는 작은 식당에서 점심을 먹는데 시합이 있는 날과는 달리 음식 맛을 음미하며 식사할 수 있다. 시합이 있는 날이라고 해서 쫓기듯이 밥을 먹는 것은 아니지만, 하얀 쌀알까지 바둑알로 보일 만큼 머릿속이 온통 바둑 생각뿐이라서 음식 맛을 제대로 느끼지 못하는 게 사실이다. 하지만 시합이 없는 날에는 하루종일 기원의 기사실에서 기보를 보거나 다른 기사들과 함께 바둑을 연구하고 토론한다. 가끔은 속기(速棋, 빨리 두는 바둑, 보통 두 시간 이내로 규정하고 있다―편주)를 두기도 하는데, 이창호, 유창혁 기사와 복기(復棋, 대국의 내용을 두 대국자가 재연하는 일. 다른 승부경기에서는 볼 수 없는 바둑만의 독특한 기조정신의 하나로서 프로기사들의 경우 복기를 통해 상호의견을 교환하는 것이 관례다―편주)를 하거나 토론을 하는 시간은 언제나 설레고 기다려진다.

시합이 없는 날엔 집에서 저녁을 먹는다. 그런 날 나는 대부분 중국 음식을 만든다. 내가 저녁을 준비하는 동안 주주는 음악을 들으며 인터넷을 한다. 수돗물을 틀었다 잠그는 사이사이, 팬에서 음식물이 자글자글 소리를 내며 익는 사이에도 나는 주주의 기척을 느끼며 잠시 눈을 돌려 창 밖을 내다본다. 우리는 오직 바둑에 푹 빠져 살아왔을 뿐인데, 창 밖으로는 자연의 소멸과 탄생이 끝없이 이어지고 있다. 우리 집 구석구석에서도, 우리의 몸 곳곳에도 그런 자연의 법칙이 적용되고 있겠지만, 나는 매순간 평화와 안정을 느낄 뿐이다. 저녁을 먹고 나서 주주가 설거지를 하는 동안 컴퓨터는 내 몫이다.

저녁식사 후 우리는 가끔 산책을 나간다. 일본과 미국에서 살 때는 나의 처지가 분명치 않고 미래 또한 암담해서 타인의 삶에 공감할 수 있는 정신적 여유가 없었다. 하지만 이곳에서 우리는 타인의 삶에 간접적으로나마 동참할 수 있는 정신적 여유가 생겼다. 시장에서 인사를 하고 지내는 사람들이나 난전에서 물건을 파는 사람들을 볼 때면 저절로 애틋한 마음이 생기는 것도 그런 정신적 여유를 되찾았기 때문인 듯하다.

산책을 하지 않는 날에는 체력을 높이기 위해 집에서 러닝 머신을 하거나 텔레비전을 보기도 하지만 집에서도 우리가 가장 많은 시간을 할애하는 것은 역시 바둑을 두는 시간이다. 바둑은 우리의 놀이이자 신성한 노동이며, 삶이자 휴식처인 것이다.

나는 고전음악을 좋아한다. 록같이 쿵쾅거리는 음악을 들으면 마음이 불안해지지만 편안하게 고전음악을 들으면 어떤 일에든 집중할 수 있다. 그래선지 한국에 와서 원룸형 오피스텔에 살 때 내가 가장 갖고 싶었던 것은 오디오와 편안한 소파였다. 그러나 그때는 방이 좁아 들여놓고 싶어도 그럴 수가 없었다. 2년을 기다려 지금의 집으로 이사와서 드디어 우리는 오디오와 소파를 샀다. 그동안 나는 물건에 욕심이 없는 줄 알고 살았는데, 그 두 가지 물건을 갖게 된 만족감이 그토록 컸던 것으로 봐서 꼭 그런 것만도 아닌 것 같다.

주주는 할리우드 영화를 좋아한다. 집에 새로 DVD와 음향기기까지 설치해놓자 거실은 작은 영화관이 되었다. 과거에 나는 영화보다 독서를 좋아했는데 지금은 주주의 영향을 받아 나도 거의 영화광이 되었다. 하루 일과를 마친 저녁이면 커튼을 치고 불을 끈 다음 그와 함께 영상의 세계로 떠나곤 하는데, 영화를 볼 때마다 드는 생각 중 하나는 주주와 내가 살아온 삶도 영화 속 주인공들의 삶보다 굴곡이 덜하지는 않다는 점이다.

주말에는 쇼핑이나 등산을 한다. 서울은 사면이 산으로 둘러싸여 있다. 어두워지는 산을 은은하게 데우고 있는 한국의 노을은 얼마나 아름다운지. 주주도 나도 산을 좋아해서 우리는 도봉산과 백운대, 수락산 등을 자주 오르내린다. 그중에서도 특히 도봉산을 가장 즐겨 찾는데, 우리 집 앞에서 19번 버스를 타고 종점에서 내려 조금만 걸어가면 진입로가 나온다. 도봉산 옆의 수락산 근처에는 양재호 9단이 살고 있다. 언젠가 양사본, 김승준, 김영삼과 함께 수락산을 등산한 뒤 양사본의 집으로 몰려가 그의 아내가 한 상 가득 차려 내온 요리를 마음껏 먹었던 적도 있다.

우리에겐 한국의 젊은 기사들과 어울리는 것이 더할 수 없이 큰 즐거움이다. 그들은 모두 순진하고 따뜻하며, 진실하고 활달하다.

그들과 함께 있으면 바둑을 연구하든 그저 놀기만 하든 마냥 즐겁다. 나는 중국을 떠나 일본과 미국을 떠돌던 10년 동안 바둑만큼이나 이러한 인간애를 그리워했다. 한국에서 바둑 기사로 활동하고 있는 나는 지금 그토록 원하던 것 모두를 가지게 된 셈이다.

한국의 바둑기사 중에서 제일 가까이 지내는 친구는 목진석과 김승준이다. 그들은 언어는 물론 여러 면에서 나에게 많은 도움을 준다. 김성룡과 박승철, 김영삼의 중국어도 상당한 수준이어서 우리는 기사실에서 바둑판을 펼쳐놓고 한국말과 중국말을 섞어가며 열띤 토론을 벌인다. 얼른 적절한 말을 찾지 못할 때는 일본말까지 동원된다. 어쨌든 우리 모두가 바둑기사들이라서 바둑판을 앞에 놓고 토론하면 거의 모든 문제가 막힘 없이 해결된다. 우리에겐 바둑이 또하나의 언어인 것이다. 그런 중에 누군가가 끝내 제대로 이해하지 못한 것 같으면 모두들 나서서 해석해주면서 왁자지껄 한바탕 즐거운 시간을 갖는다.

여자기사 중에는 이지현과 한해원이 중국말을 잘한다. 이지현은 소탈하고 한해원은 여성스러운데, 둘 다 정말 귀엽고 사랑스럽다. 둘은 미국에서 열린 바둑대회에도 같이 참석한 적이 있다. 그해 나는 조혜연과 여자 국수전 결승전을 앞두고 있어서 미국에 가지 못했지만 그들과 함께 갔던 주주가 돌아와서 말했다.

"정말 못 말리는 여성들이던데! 시차 때문에 낮에는 그림자도 보이지 않더니 밤만 되면 컴퓨터 앞에 앉아 한국 사이트에 들어가지 뭐야. 그러더니 불과 며칠 만에 김치가 먹고 싶다고 난리잖아. 귀엽기도 하고 안됐기도 해서 내가 김치를 사다 주니까 게눈 감추듯이 먹고 나서 또 나를 쳐다보며 사다 달라고 조르는 거 있지."

한국의 젊은 기사들과 같이 있으면 그들의 순수함과 활력에 동화되어 우리가 그들보다 나이가 많다는 사실을 쉽게 잊어버린다. 이렇게 우리는 매일매일 즐겁고 충실하게 살고 있다. 한국 생활의 불만을 구태여 찾으라고 한다면, 고작 나 자신이 안고 있는 문제뿐이다. 그것도 겨우 한국말이 너무 더디게 느는 것 정도이니 이보다 안정된 삶이 어디 있겠는가.

삶의 에너지가 고갈되었다 싶을 때마다 우리는 남산을 오르거나 남대문 시장을 어슬렁거린다. 화려한 물건이 인간의 삶을 지배하려 드는 듯한 느낌을 강하게 풍기는 백화점 쇼핑에는 그다지 흥미가 없지만 서민들이 물건을 고르느라 북적대는 시장에서 이리 밀리고 저리 밀리며 휩쓸려 다니는 재미는 색다르다. 언젠가 주주는 남대문 시장에서 한복을 한 벌 산 적이 있는데, 흑인인 미국 친구가 탐을 내는 바람에 자신은 또 사면 된다며 그에게 흔쾌히 선물했다.

여유가 별로 없을 때면 가까운 거리에 있는 한양대학교 캠퍼스를 산책하기도 한다. 한동안 이창호, 양재호, 김승준과 어울려 테니스를 치기도 했는데 지금은 잠시 뜸한 상태이다. 그들과 어울리는 것만큼이나 즐거운 것은 바둑학교의 아이들과의 만남이다. 한 달에 몇 차례 바둑학교 IREA 도장으로 가 아이들에게 바둑을 지도하고 있는데 몇몇 아이들은 실력이 뛰어나 그 아이들과 바둑을 두는 것 자체가 스스로를 훈련하는 신선한 과정이 되기도 한다. 그들을 통해 보는 한국 바둑계의 미래는 내 눈에 더없이 낙관적이다. 도장에서는 학생들에게 식사를 제공하고 있기 때문에 아이들과 어울려 점심과 저녁을 함께하며 바둑에 몰입하다 보면 내가 처음 바둑을 배울 때의 기억과 열네 살의 나이에 바둑을 두기 위해 집을 떠날 때의 추억 등이 떠올라 마음가짐이 진지해지곤 한다.

우리는 2년 전부터 경희대학교 국제교육학원에 입학하여 한국어를 배우고 있다. 늘 배우려는 자세는 되어 있지만 우리의 생활이라는 것이 시합에 쫓기느라 정신적으로나 시간적으로 여유가 없다 보니 정규반은 따라가기가 벅찼다. 무엇보다도 기초가 없는 것이 가장 큰 문제였다. 고맙게도 학교에서는 우리의 사정을 고려해 선생님 한 분을 정해줬다. 시간이 나면 선생님에게 전화해 수업 시간을 정한 다음 만나서 공부할 수 있게 된 것이다. 학교에서는 또한 설명을 잘 알아듣지 못하는 우리들의 사정을 고려해 조선족 선생님도 한 분 소개해주었다. 공부할 수 있는 최적의 조건에도 불구하고 수많은 시합과 잦은 해외 출장 때문에 제대로 한국말을 공부할 수가 없다. 하지만 이런저런 이유를 다 끌어다 대도 공부 못하는 우리의 정당성은 될 수 없을 것이다.

우리의 한국말이 빨리 늘지 않는 가장 큰 이유는 우리가 바둑이라는 세계 공통어로 살아가는 바둑 기사이기 때문인 것 같다. 그렇다고 아주 절망적인 것만은 아니다. 아주 천천히 늘고 있는 한국말이지만 우리는 학교를 통해 어휘력을 많이 향상시켰고, 기원의 기사실에서 바둑판을 앞에 놓고 열띤 토론도 벌일 수 있게 되었다. 멀지 않은 미래에 우리는 바둑을 통해 느끼는 풍부한 삶을 반드시 한국말로도 표현할 수 있을 것이다. 왜냐하면 이곳은 오직 바둑 기사로 살아가고자 하는 우리를 순수한 마음으로 조건 없이 받아들여

준 사람들의 나라이며, 기쁜 마음으로 하루하루를 충실히 살고 있는 우리들의 집이 있는 곳이니까.

반상의 철녀

2000년에 열린 제43회 국수전(국내에서 제일 오래된 기전으로 1956년부터 동아일보사가 주최하였다—편주)에서 나는 운 좋게도 사숙인 조훈현(9단. 국내외 대회에서 많은 승리를 거둠으로써 일본에 뒤지던 한국바둑의 위상을 높여주었다—편주) 선생을 2대 1의 성적으로 이기고 국수라는 칭호를 따냈다. 그때부터 한국기원은 객원기사였던 내게 한국기사와 동일한 대우를 해줬고, 1년간 열린 모든 세계대회에 나를 한국대표로 참가시켰다.

그러나 안타깝게도 그토록 어렵게 얻은 좋은 기회에서 나는 좋은 성적을 올리지 못했다. 내게 더없이 좋은 기회를 준 한국기원에 대한 부담감과 욕심이 겹친 탓인지 그동안 가장 좋은 성적을 올린 것이 고작 LG배와 삼성배에서 8등을 차지한 정도이다. LG배 8강전에서는 이세돌에게 졌으며 삼성배 8강전에서는 일본의 야마다 8

단에게 졌다. 제일 가슴 아픈 것은 야마다에게 진 경기다. 그와의 대국에서 나는 완벽하게 이길 수 있었으나 어이없게도 열댓 번 연속해서 실수를 범하고 말았다. 얼굴이 달아오를 만큼 스스로에게 부끄럽고 납득이 가지 않는 실수였다. 그 수많았던 실수 중에 단 한 번만이라도 제대로 뒀더라면 상대는 돌을 던지고 말았을 것이었기 때문에 쓰디쓴 뒷맛은 지금껏 가시지 않고 남아 나를 괴롭히고 있다. 나는 마치 귀신에게 홀린 사람처럼 패배가 훤히 내다보이는 길을 따라서 죽을 힘을 다해 그를 쫓아갔다. 마침내 지고 나서야 나는 바보가 된 듯 멍해졌고, 뼈아픈 복기를 통해 더 아픈 굴욕감으로 오랫동안 괴로워했다.

승리의 순간에 오래 머물 수 없듯이 더 나은 자신의 모습을 꿈꾸는 자는 패배의 순간에도 오래 머물지 않는다는 자위로 그나마 나는 자신을 재정비할 수 있었다. 이듬해 제44회 국수전이 열렸다. 도전자 결정전에서 조훈현 선생은 제자인 이창호를 2대 1로 이기고 도전권을 따내 나와 맞붙게 되었다. 당시 도전전은 3번기에서 5번기로 바뀌어 있었다. 나는 가장 존경하는 조훈현 선생과의 대국에서 손발을 어디에 놓아둬야 할지 모를 정도로 감정이 고조되었고, 나와는 반대로 조훈현 선생은 평소와 다름없는 차분한 모습으로 대국에 임했다. 아무튼 다시 한번 조훈현 선생과 대국을 할 수 있게 된 것은 더없이 기쁜 일이었다.

제1국에서 나는 흑을 잡았다. 그 판에서 나는 포석(대국 초반에 요소를 찾아 돌을 배치하는 일. 일반적으로 제3선이나 4선에 집중 배치하여 실리와 세력의 조화를 꾀하는데, 중반 전투를 위해 대형을 갖추는 준비과정이다—편주)을 잘못 됐지만 조훈현 선생도 중요한 시기에 순서 바꾸는 것을 잊어버리고 나중에 놓아야 할 수를 먼저 놓고 말았다. 그 기회를 놓치지 않은 흑은 다시 우세를 잡았다. 그 때문에 흥분하여 잠깐 마음의 평정을 잃었던 것일까. 나는 그때부터 의문스러운 수를 연거푸 두면서 형세를 혼돈 상태로 몰고 갔다. 당연히 선생은 날듯이 움직이며 흑을 이리저리 정신 없이 몰고 다녔다. 결국 백이 흑을 둘러싸더니 흑의 대용을 먹어치우기 시작했고 승리를 꿈꾸었던 나의 대용들은 맥없이 모두 죽고 말았다.

하지만 승부에 관계없이 조훈현 선생과 바둑을 둘 때마다 나는 자신이 얼마나 운이 좋은 사람인지 깨닫곤 한다. 그와 마주앉아 시합을 하면 평소 그의 기보(두어진 바둑의 수순을 기록한 도면. 바둑 기사의 기풍과 바둑관이 반영되기에 기사들은 좋은 기보를 남기고 싶어한다—편주)에서는 배울 수 없었던, 체험을 바탕으로 이루어진 소중한 그 무엇인가를 배우게 된다. 그것은 내가 그를 통해 얻을 수 있는 가장 값진 것이고, 그를 향한 존경심의 발단이 된다. 아무튼 나는 졌지만 그 대국을 통해서도 많은 것을 배웠다. 계속 노력한다면 언젠가는 그에게 도전할 수 있는 기회가 또 생길 것이다.

제2국에서 나는 백을 잡았다. 형세는 계속 복잡하게 이어졌다. 양쪽 다 좋은 기회가 많았지만 시합의 운영에서 훨씬 미숙했던 나는 결국 또 돌을 던질 수밖에 없었다. 그 순간 나는 도전전이 3번기에서 5승제로 바뀐 것에 더없이 감사했다. 5번기로 바뀌지 않았다면 나는 이미 패배자가 되어 있을 것이다. 하지만 내겐 최소한 한 판은 더 둘 수 있는 소명의 기회가 남아 있었던 것이다!

제3국은 안동 하회마을에서 열렸다. 하회마을은 강을 끼고 도는 아름다운 풍경과 멋진 조화를 이룬 전통 가옥들이 풍기는 한국적 정서가 인상적이었다. 그러나 그 아름다운 풍경도 두 번의 패배로 벼랑 끝에 몰린 내 눈에는 제대로 들어오지 않았고, 치열한 접전 끝에 나는 완패하고 말았다. 그 대국에서 나는 처음부터 끝까지 쫓기면서 상대의 진영으로 치고 들어갔지만 끝내 판을 뒤집을 만한 기회를 잡지 못했다. 나는 한 판도 이겨보지 못하고 내리 세 번을 지고 만 것이다. 결론적으로 말해서 내가 한 해 전 조훈현 선생을 두 판이나 이긴 것은 얼마나 운에 치우쳤던 결과인가!

한국에서 여러 시합들을 거치며 내 마음자세가 전과는 사뭇 달라졌음을 스스로 느낄 수 있었다. 예전 같았다면 아마 세상의 종말이라도 맞은 듯 낙담했겠지? 그러나 오랫동안 바둑을 둘 수 없었던 고통의 나날을 경험한 나는 덕분에 감사와 겸손을 배웠다. 물론 바둑에서 이기면 당연히 기쁘고 지면 슬프지만, 그보다 더 중요한 것은 내가 바둑을 둘 수 있다는 점이다. 승패는 그 다음이다. 오히려 경기 내용이 얼마나 만족스러웠냐에 따라 기분이 좌우되곤 한다. 이기면 이기는 대로 또 지면 지는 대로, 시합의 경험과 교훈을 정리해 다음 시합을 위한 발판으로 삼아야겠다는 생각이 먼저 드는 것이다.

이것을 나는 이창호에게서 배웠다. 이전에는 바둑에 지면 억울한 나머지 모든 것을 다 잊어버리고 싶었고 제발 일어나지 않았던 일이었기를 바랐다. 그러나 지금은 바둑에 지더라도 피하지 않고 반드시 원인을 찾아내려 한다. 이창호는 시합에서 지게 되면 반드시 복기하였고, 다들 그의 복기를 기다린다. 대국실을 나온 다음에도 이창호는 젊은 기사들의 물음에 귀찮아하지 않고 반드시 그들과 다시 연구한다.

이런 그의 자세에서 많은 것을 배울 수 있었다. 특히 바둑에서 지고 난 후 자괴감에 빠져 고통만을 되씹기보다는 바로 패인을 찾아 연구하는 자세는 내게 큰 감명을 주었다.

바둑만 두고 사는 단조롭다면 단조로운 생활을 하고 있지만 시간은 정말 빨리 흘러간다. 우리가 한국에 와 프로기사 생활을 한 지도 어느덧 4년이 다돼간다. 또 한 해가 끝나가기 때문인지 요즘은 부쩍 자주 뒤를 돌아보게 된다.

한국에 와서 처음 1년 동안 나의 성적은 무척 좋았다. 그러나 그 후 2년 동안은 시합에서 줄곧 졌다. 내가 아무리 바둑에다 온힘을 쏟아도 결과는 한마디로 '패배'로 결론지을 수밖에 없는 나쁜 상황의 연속이었다. 누구나 질 수 있고, 나 또한 수없이 질 수 있지만, 그 기간 동안 진 것이 나는 유난히 억울했다. 그도 그럴 것이 처음엔 잘 나가다가 늘 형세가 갑자기 뒤집히며 역전패당했던 것이다. 나는 계속되는 패배로 인해 마지막까지 지켜야 할 자신감마저 잃었고, 자신의 특기마저 위력을 잃으며 완패를 당하는 상황을 연속해서 만들었다. 특히 최근 1년 동안 내리막길을 걷고 있는 승률을 보면 이러다가 내가 패배자의 모습에 익숙해져버리는 것은 아닐까 하는 불안이 엄습해왔다. 나를 진심으로 걱정해주는 친구들은 나에 대한 신뢰와 사랑을 담아 말한다.

"넌 단지 잠깐 동안 슬럼프에 빠진 것뿐이야."

그들의 말대로 지금 내가 처해 있는 상황이 누구에게도 몇 번쯤은 찾아올 수 있는 복병 같은 것이라고 할지라도 도대체 어떤 방법으로 이 구덩이에서 빠져나갈 수 있단 말인가. 생각하면 생각할수록 지금의 상황은 단순한 슬럼프가 아닌 근본적으로 내 실력에 문제가 있음을 자각하게 한다. 나는 이 상황을 임시로 피해 가고 싶지 않다.

과거에 내 성적이 좋았던 것은 순전히 운이 좋았기 때문이다! 더 솔직하고 구체적으로 말하면 내게 왔던 좋은 운이 그동안 나의 결점과 부족한 점을 덮어줬던 것이다. 내 결점은 하나도 수정되거나 보완되지 않고 그대로 있었지만 운이 좋아 그동안 약점으로 드러나지 않았을 뿐이다. 내 문제점이 훤히 드러났을 때조차 상대방이 실수를 하는 바람에 별다른 노력도 없이 어려운 국면을 슬쩍 빠져나올 수 있었던 것이다. 그러나 지금처럼 운이 따라주지 않을 때에는 원래 가지고 있던 결점이 불거지면서 프로기사에게는 목숨과도 같은 자신감마저 상실하게 된다. 순전히 운에 의존하는 바둑을 뒀던 내가 실패에 실패를 거듭하는 고된 행진을 하고 있는 현실은 너무도 당연한 것이다.

더 솔직히 말하자면 지금의 내 모습이야말로 화려한 빛깔을 뽐내며 빠르게 부풀어오르던 거품이 걷힌 본연의 모습이다. 비록 늦게나마 그 사실을 아프게 자각했으니 내가 지금 할 수 있는 일은 오직 노력뿐이다. 설사 지금부터 얻는 결과가 비록 보잘것없다 할지라도, 그것이야말로 온전히 내 의지로 얻어낸 값진 것이다. 잊지 말

자. 패배를 거듭하고 있는 지금의 힘든 상황도 바둑을 두지 못하고 남의 나라를 유랑하던 과거 10년 가까운 세월에 비하면 더없이 행복하다는 사실을.

바둑집시에서 당당한 한국대표로

　내가 한국대표 자격으로 참가한 첫번째 세계대회는 바로 후지쯔배(富士通盃, 일본 요미우리 신문이 주최하고 후지쯔사가 지원하는 국제 기전. 최초로 창설된 세계대회이며, 결승까지 단판승부로 치르는 대국방식이 특징이다─편주)였다. 일본에서 6년 동안 관전만 했던 후지쯔배 대회에 참가할 수 있게 되었다는 사실에 흥분을 금할 수 없었다.

　일본에 있을 때 얼마나 참가하고 싶은 대회였던가. 그 당시 나는 사람들과 바둑레슨 일정을 상담하면서 "죄송하지만 그 며칠은 후지쯔배 시합이 있어서요" 하기도 했다. 내 흥분된 모습을 보면서 사람들은 항상 "와, 이제 당신이 시합에 참가하시는군요!" 라고 말했다. 정말 그랬다면 얼마나 좋았겠는가.

　주주와 나는 미국에 있는 3년 동안 미국대표 자격으로 여러 국제대회에 참가한 적이 있었지만 후지쯔배의 문만은 우리에게 열리지 않았다. 미국 프로바둑협회의 책임자, 샌프란시스코의 바둑 친구들, 심지어 후지쯔배의 북미예선전의 실무자들 모두 여러 차례에 걸쳐 우리 부부의 후지쯔배 대회 참가를 건의했었다. 그러나 일본 측은 "장과 루이가 가지고 있는 것은 중국여권이기 때문에 미국대표로 대회에 참가할 수 없다"는 말로 아주 단호하게 거절해왔다. 일본 내에 있는 외국 국적의 기사들은 일본대표로 참가시키면서 왜 우리는 안되는지 납득할 수 없었다.

2000년 4월 초, 주주와 나는 나는 조훈현 선생, 이창호 등과 함께 일본에 갔다. 4월이라서 거리마다 담장마다 온갖 꽃들이 흐드러지게 피고 꽃가루가 도처에 가득했다. 일본에 머물 당시 머리가 어지럽고 눈앞이 가물거리는 등 꽃가루 알레르기로 고생했던 기억이 떠올라 잠시 추억에 빠져들었다.

후지쯔배 개막식에서 나는 우칭위안 선생을 만났다. 국수전 타이틀을 획득했을 때 통화가 안돼 직접 소식을 전하지 못해 아쉬웠었는데, 이번에 이렇게 만나게 되어 말할 수 없이 기뻤다. 선생은 내 손을 잡으시며 말씀하셨다.

"너무 잘됐다. 정말 잘됐어!"

이렇게 기뻐하시다니. 선생님에게 기쁨을 드리는 것이야말로 가르침에 대한 가장 큰 보답이 된다는 말을 실감하며 잠시 눈시울이 뜨거워졌다. 선생의 손은 변함없이 따뜻했다.

처음으로 한국대표의 자격으로 대회에 참가하니 모든 일이 신선하게 다가왔다. 밥 먹는 일처럼 작은 일까지도 새로웠다. 재미있는 것은 한국 대표단의 저녁메뉴가 늘 불고기라는 점이다. 불고기라면 한국에서도 항상 먹던 음식이 아닌가. 일본에 와서도 한국음식을 먹는 것은 아마도 심리적인 안정을 위해서인 듯했다.

후지쯔배 1회전에서 흑을 잡은 나는 히코사카彦坂直人 9단을 이겼다. 그와는 1987년 중일대항전에서 만난 적이 있다. 시작하자마자 히코사카가 몇 가지 새로운 수를 두는 바람에 나는 포석에 적지 않은 시간을 낭비했다. 히코사카가 펼친 새로운 수가 성공하지 못한 상태에서 내가 완착(박력이 없고 명분이 약하여 상대방에게 별로 영향을 주지 못하는 수—편주)을 두었다. 나는 2선을 끊어서 먹었지만 작은 곳에 두었기 때문에 어려운 형세가 되고 말았다. 그러나 나는 다시 침착하게 공격을 펼쳐 그의 진영으로 파고들어감으로써 시합에서 승리했다. 완승은 아니었다.

2회전 상대는 고바야시 사토루小林覺 9단이었다. 그의 기풍은 평형성에 속하는데 사람됨 역시 온화했으며 일본의 기성을 지냈다. 일본의 젊은 기사들은 모두 그를 '선생'이라 불렀으며 나 역시 선생이라 불렀다. 비록 나와 비슷한 연배였지만, 선생으로 불리기에 전혀 모자람이 없는 사람이기 때문이었다.

그 판에서 나는 다시 흑을 쥐었다. 시작을 너무 팽팽하게 당겼는지 한동안 좋지 않았다. 요처를 차지하고, 흩어진 것을 처리해야 하는 등 다소 어려움이 있었다. 그러나 오후가 되자 흩어져 있던 말이며 공간이 모두 좋아졌다. 나는 종종 수세에 몰렸지만, 사토루 9단 역시 특별한 돌파구를 마련하지 못하고 있었다. 일진일퇴를 거듭하는 가운데 끝내기에 접어들었다. 그런데 흑이 다소 우세였음에도

나에게 꿈이자 희망이요 현실인 바둑.

패(상접해 있는 쌍방의 돌이 1대1 단수로 맞물려 있는 모양. 강압과 힘의 대결을 의미하며 양보할 수 없는 가치를 지닌다―편주)의 운용과 처리, 마지막 팻감(패와 교환하여 차지할 만한 가치가 있는 자리. 상대가 패를 따내게 되면 바로 되따낼 수 없기 때문에 그 이상의 대가를 보상받을 만한 곳으로 상대방의 응수를 유도한 다음 다음 패를 다시 따내게 된다―편주)쓰기에서 상황판단을 잘못 하는 바람에 나는 지고 말았다. 많은 기회가 있었음에도 불구하고 질 수밖에 없었던 것은 어쩌면 당연한 결과라는 생각이 들었다. 그러나 크게 낙담하지는 않았다. 좋은 성적을 거두었으면 더 좋았겠지만, 그토록 원했던 대회에 참가했다는 사실만으로도 충분히 기뻤다.

2001년 나는 상하이上海에서 열린 제4회 잉창치배(應昌期盃, 대만의 잉창치 교육기금회에서 주최하는 국제기전. 1988년에 창설된 이래 4년마다 나라별로 최강의 기사 24명을 초청하여 시합을 치른다―편주)에 참가했다. 잉창치배야말로 내게는 특별한 의미가 있는 대회였기 때문에 특히 잉창치배에서 잘하고 싶었다. 그러나 샤오웨이강邪偉剛을 맞아 3회에 이어 이번에도 지고 말았다.

흑을 잡은 나는 포석에서 한 가지 비교적 새로운 수를 두었다. 계속해서 그가 나의 진영을 압박할 때 크게 치고 들어갈 수 있다고 생각했다. 그러나 내 판단은 경솔했다. 백을 아래에서 눌러도 생각지 못한 교묘한 한 수로 백이 살아나자 나는 상황이 그다지 낙관적이지 않음을 직감했다. 줄곧 흑이 불리한 형세로 전개되더니 결국 무너졌다. 패인은 바로 나의 성급함이었다.

잉창치배에는 한 사람이 3시간 반을 쓴 후 다시 35분을 연장하면

벌점으로 2집을 제하는 좀 특이한 규칙이 있다. 양쪽이 모두 3시간 반을 거의 써가고 있자 나는 약간 겁이 났다. 늘 시간에 신경이 쓰이곤 하지만, 심리상태가 불안할 때면 시간에 더욱 예민해져 좌불안석이 되곤 했다. 이는 바로 집중력에 영향을 미친다. 내가 경기에 집중하지 못하는 반면 샤오웨이강은 아주 냉정한 자세로 바둑판에만 집중하는 모습이었다.

나의 결정적인 패착(패배의 결정적인 요인이 된 한 수—편주)이 아니더라도, 이 모습만으로도 이미 승자는 가려질 수 있었다. 흐트러짐 없이 평상심을 유지해 충실한 경기를 펼친 샤오웨이강은 진정한 승자의 모습이라 말할 수 있었다. 나는 이 대회를 통해 풀어야 할 과제 하나를 안고서 한국으로 돌아왔다.

다시 본 파리

2000년 LG배 세계 바둑왕전 8강 시합은 파리에서 열렸다. 나의 상대는 이세돌이었는데, 그는 그해 활화산 같은 저력을 분출하며 무려 32연승이라는 연승 신기록을 세우고 있었다. 당연히 그와의 대국에 대한 부담감이 한순간도 내 머릿속에서 떠나지 않았다.

하지만 이른 아침 파리에 도착하여 호텔에 짐을 풀자마자 주주와 나는 센 강변으로 달려나갔다. 불과 몇 년 전, 지금처럼 바둑을 두며 살 수 없어 몸과 마음이 하루가 다르게 피폐해갈 때 암담한 마음으로 거닐던 곳을 주주와 함께 걷자 감회가 새로웠다. 주주는 가장 어둡고 참혹한 상황에 처해 있던 내 손을 끝까지 놓지 않고 함께 멀고 험한 길을 걸어와 준 사람이다. 그동안 우리의 현실은 실로 안정되어 과거를 회상하며 센 강변에서 온몸으로 느끼는 현실의 행복이 실감나지 않을 정도였다.

대회 주최측에서는 아시아에서 온 우리들을 위해 이틀 동안의 시차 적응 시간을 주었다. 외국 문화에 대한 거부감이 비교적 없는 편인 나는 물을 만난 물고기처럼 파리 곳곳을 돌아다니며 꿈이 아닌 현실의 행복에 젖어들었다.

시합 전날 주최측에서는 한국의 한 여행사를 섭외하여 기사들을 위한 관광 계획을 세워두고 있었다. 하지만 에펠탑, 루브르 궁, 개선문 등은 이미 가본 곳이라 에펠탑 아래서 우리는 일행과 헤어져 센 강을 따라 서쪽으로 무작정 걸었다. 걷다가 피곤하면 아치형 교각 아래 앉아서 강을 끼고 이루어낸 인간 문화의 대표적 상징물인 다양한 건축물들을 조용히 바라보았다.

우리가 파리에 도착한 것은 11월 11일 이른 아침이었고, 우리가 묵고 있던 호텔에서 8강전이 열린 것은 11월 14일이었다. 시합이 시작되기 직전 한 신문사의 요청으로 기사들은 나란히 서서 기념사진을 촬영했다. 그때 이창호가 나를 돌아보며 어제 호텔 밖에 나가 놀았느냐고 물었다. 나는 그렇다고 대답했다. 그러고 보니 전날 주최측이 마련한 시내 관광 일행 중에 그가 보이지 않았다는 사실이 떠올랐고, 자연스럽게 나는 그에게 그 시간에 어디어디를 관광했냐고 물었다. 뜻밖에도 이창호는 그동안 아무데도 가지 않고 호텔 안에만 있었다고 대답했다. 내가 깜짝 놀라자 그가 웃으며 말했다.

"오늘 시합이 있잖아요!"

그리고 한마디 덧붙였다.

"내일이면 나가 놀 수 있어요."

이창호의 이 말 두 마디는 그가 어떤 사람인지 설명하기에 충분했다. 그는 천재일뿐더러 성실하고 매사에 준비가 철저한 사람이었다. 나 스스로도 자신이 상당히 이성적이라고 믿고 있었고 시합 전에 바람을 쏘이는 것쯤은 괜찮다고 생각하고 있었는데, 이창호의 진지함에는 감복하지 않을 수가 없었다.

이세돌을 상대로 나는 흑을 잡았다. 나는 먼저 좋은 기회를 많이 만들었지만 연승가도를 달리고 있는 그의 기세를 의식해 지나치게 신중했던지 시간을 너무 낭비했다. 나와는 반대로 이세돌은 날아다니는 듯했다. 후반으로 들어가면서 나는 이미 초읽기에 들어갔고 몇 군데를 제대로 잡지 못함으로써 형세가 어지러운 국면으로 접어들었다. 마지막에 나의 대용이 살아날 수 있는 절호의 찬스가 한 번 있었지만 시간에 쫓기던 나는 그 기회를 놓치고 말았다. 한마디로 기억에 오래 남는 참담한 패배였다. 기사와 바둑 관계자들과 프랑스 바둑협회 친구들이 모두 참석한 왁자지껄한 회식 자리가 저녁에 마련되었지만 그때까지도 나는 멍한 상태에서 헤어나지 못했다.

호텔 커피숍에서 친구 왕리청王立誠과 함께 여행용 자석 바둑판을 앞에 놓고 그날의 시합을 복기했다. 우리는 밤늦도록 머리를 싸매고 연구했고 서로 많은 도움을 주고받았다. 복기를 하면 패배의 원인은 명확히 알게 되지만 때로 한 시합에서 두 번 지는 것과 같은 뼈아픈 고통도 감내해야 할 때도 있다. 그날의 내가 그 같은 상태였다. 하지만 모든 바둑기사들은 그 과정을 묵묵히 견디며 자신들의 바둑 여정을 다시 정비한다.

왕리청과 나는 그날 있었던 이창호와 마샤오춘馬曉春의 대국도 복기했다. 물론 조훈현 선생의 대국도 복기했다. 리청의 아내는 쉬어야겠다며 방으로 들어갔고, 하루 종일 바둑만 둔 우리의 몸도 피로에 젖어 땅으로 꺼지는 듯했다. 하지만 시합에서 지면 다른 생활은 그런 대로 표나지 않게 할 수 있지만 잠만은 잘 수가 없다. 눈만 감으면 바둑판이 어른거리고, 판단이 흐트러졌거나 실수했던 장면이 수도 없이 눈앞에 어른거려 고문을 당하는 것과 같은 길고 암담한 밤을 보내야만 한다. 고맙게도 리칭은 그런 나를 위해 밤이 깊을 때까지 바둑을 두며 옆에 있어준 것이다.

파리에서의 마지막 날, 주최측은 시합을 마친 우리들을 위해 센 강 관광 프로그램을 준비해뒀다. 센 강 유람선은 처음 파리에 왔을 때 타본 적이 있지만 우리는 일행들에게 마음이 끌려 그들과 함께 배에 올랐다. 이창호는 내내 혼자서 배의 선두에 서 있었다. "내일이면 나가 놀 수 있어요" 하던 그의 말이 귓전에 남아 있던 나는 유람선을 타고 센 강을 유람하는 한 시간 오십 분 동안 줄곧 그를 지켜봤다. 낯선 나라의 문화에 호기심을 갖고 좌우를 살피는 모습이 내게는 더없이 평범한 그 또래의 청년으로만 보였다. 천재 운운하며 그를 수식하는 수많은 말이 있지만 그를 대할 때마다 늘 내 마음이 편한 것은 그에게서 그 같은 건강한 인간성이 느껴지기 때문이다.

그 여행을 끝으로 집으로 돌아오려고 하자 왠지 서운했다. 결국 출발 시간이 임박해서 주주와 나는 프랑스에 며칠 더 머물기로 결정했다. 우리는 전화로 비행기표 날짜를 바꾸고 기원의 직원과 친구에게 트렁크와 몇 가지 짐을 부탁했다. 그리고 그들이 모두 떠난 다음날 아침 배낭을 짊어지고 호텔을 나섰다. 우리는 전날 밤 프랑스 남부 지방을 여행하기로 결정했던 터라 예정대로 기차를 타기 위해 리용 역으로 갔다. 불어밖에 할 줄 모르는 매표소 여직원을 향해 손짓발짓 섞어가며 외쳐댄 결과 25퍼센트나 싼 연표를 구해 기차에 오를 수 있었다.

정오 무렵 우리가 탄 기차가 리용 역을 출발했다. 2등석에는 흡연석만 남아 있기 때문에 할 수 없이 우리는 우등석에 앉았다. 프랑스의 그 유명한 떼제베는 듣던 대로 빨랐다. 한 시간쯤 달리자 창 밖으로 믿을 수 없을 만큼 아름다운 풍경이 펼쳐졌다. 평지나 구릉 할 것 없이 끝없이 펼쳐진 초원이 하늘과 맞닿아 있었고, 계절을 실감나게 하는 울긋불긋한 이국적인 나무들이 한 해의 삶을 마무리하며 하늘 속으로 쉬러 들어가는 듯 헐거워진 나뭇가지를 하늘 속으로 밀어넣고 있었다. 하얀 양들은 무리 지어 초원에 누워 있고, 계곡에는 점점이 흩어져 풀을 뜯고 있는 젖소들도 보였다. 창 밖의 목가적인 풍경에 넋을 빼앗긴 채 나는 프랑스의 농촌을 배경으로 그려진 수많은 풍경화를 떠올려보았다. 과연 그 많은 명화가 나올 만한 풍경이 끝도 없이 이어져 나는 잠깐 동안도 눈을 붙일 수가 없었다.

3시가 넘어 니무스 역을 출발하자 쭉 뻗은 광장이 눈에 들어왔다. 광장 한편으로는 고대 로마경기장도 보였다. 거대한 돌을 쌓아 올린 위대한 건축물들이 세월의 풍파를 견디며 기본 구조를 지켜오고 있는 모습을 보며 나는 늘 내 손에 들려 있던 희고 검은 바둑돌을 생각했다. 수많은 사람들이 건축을 통해 그들의 역사를 축적했듯이 또 다른 수많은 사람들은 바둑돌을 통해 그들의 역사를 이뤄

가는 것이리라. 그리고 그 수많은 사람들 속에 작고 보잘것없는 인간인 나와 주주도 있는 것이다.

우리는 목적지에 도착해 호텔에 짐을 풀어놓고 다시 니무스로 향했고, 다음날 오전 기차를 타고 고대 극장과 고대 로마경기장이 있는 아를르로 갔다. 아를르라는 작은 도시 곳곳에는 로마풍의 건축물들이 즐비했다. 로마문화를 동경하면서도 그때까지 이탈리아에 가보지 못했던 나에게 아를르의 건축물들은 청량제와 같은 것이었다.

우리는 경기장을 마주보고 있는 레스토랑으로 들어가 점심을 먹었다. 그후 다시 기차를 타고 저녁 무렵 마싸이에 도착하자 불과 몇 시간 전 조용한 마을을 떠나온 우리 앞에 갑자기 도시의 잡다한 소음이 요란하게 들렸다. 역사를 빠져나오자 매연으로 혼탁해진 공기 때문에 시야가 흐렸다. 하지만 내가 가지고 있던 여행 안내책자에는 마싸이 항구 일대가 비교적 안전하다고 씌어 있었기 때문에 우리는 마음을 가라앉히고 느긋하게 길을 물으며 항구 쪽으로 걸어갔다.

그때 길에서 청년 둘이 우리에게 인사를 했다. 우리는 바로 전에 작고 조용한 마을을 떠나왔기 때문에 경계심 없이 그들에게 웃어주었다. 그러자 그들이 우리를 따라오며 횡설수설 시비를 걸기 시작했다. 겁이 났다. 어떻게든 그쯤에서 그들을 떼어내 버려야만 했다. 잠시 당황하는 것 같던 주주가 갑자기 한국말로 버럭 소리를 질렀다. 그러자 그들이 휘둥그레진 눈으로 우리를 쳐다보며 말했다.

"꼬레?"

곧 그들은 안되겠다는 듯한 눈빛을 주고받다가 총총히 사라져버렸다. 한국의 남성들이 모두 군대에 간다는 것을 알고 있었을까. 아니면 태권도가 어떤 것인지 알았던 걸까. 아무튼 그들은 둘이 힘을 합쳐도 한국인인 주주의 상대가 되지 못할 거라고 생각해 지레 겁을 먹고 달아나버렸고, 우리는 홀가분해졌다.

그 여행에서 우리는 인상 깊은 곳도 많이 다녔고 색다른 체험도 많이 했지만, 불량배들 때문에 당황했던 그 순간 주주가 한국 사람이 다된 것처럼 한국말로 버럭 소리를 지른 일이 가장 기억에 남는다. 그만큼 우리는 한국의 문화와 한국 사람들에게 동화되어 살고 있었던 것이다.

정식 기사가 된다는 것

    2001년 10월 12일. 마침내 우리는 한국기원의 정식기사가 되었다. 이미 9월 말에 한국기원으로부터 우리를 정식기사로 받아들이기로 결정했다는 소식을 들은 바 있지만, 막상 정식기사가 되자 10년 가까이 남의 나라를 떠돌며 오직 바둑을 둘 수 있는 여건이 마련되기만을 바랐던 나로서는 말로 표현할 수 없는 기쁨을 느꼈다.

    우리를 정식기사로 받아들이기로 한 안건이 기사대회에서 통과해 이미 기정사실화되어 있었지만 반드시 이사회의 인가를 얻어야만 하는 형식적인 과정이 남아 있었다. 그런데 지난번 이사회에서는 임원진을 바꾸느라 그 안건은 토론되지도 못하고 시간을 끌다가 10월에 접어든 상태였던지라 주주와 나는 그 무렵 더없이 초조한 시간을 보내고 있었다. 우리를 정식기사로 받아들이는 문제가 빨리 매듭지어지지 않자 일본에서 살던 때의 악몽이 스멀거리며 되살아

났다.

일본기원은 남의 나라 출신 기사인 내가 그 나라에서 바둑을 둘 수 있는 기회를 봉쇄했다. 일본의 여자기사들은 내가 일본에서 시합에 참가해도 되는지에 관한 문제를 놓고 토론한 적이 있으며, 오직 한 사람만이 찬성했다는 투표 결과를 듣고 나는 아연실색했다. 여자기사였던 나는 서로 알고 지내던 그들이 동의하지 않으면 절대로 일본에서 바둑을 둘 수 없는 상태였기 때문에 그 투표 결과는 그대로 나의 미래를 결정짓는 중요한 것이었다. 하지만 그들은 내가 알 수 없는 어떤 명분으로 똘똘 뭉쳐 자신들의 세계 속으로 남의 나라 사람인 내가 발을 들여놓지 못하게 길을 막아버렸다.

일본 바둑계에서 비교적 영향력을 행사하던 여자기사들은 바둑을 지도하면서 일본의 정계와 재계의 많은 인사들과 밀접한 관계를 맺고 있었다. 다시 말해 힘있는 정계 재계의 많은 인사들이 그들의 학생이었던 만큼 일본기원은 선배 여자기사들의 의견을 존중하지 않을 수 없었다. 그들로부터 치유되지 않는 상처를 입고 먼 길을 돌아 한국까지 온 나로서는 또 다른 타국인 한국에서의 미래를 낙관할 수만도 없었다.

한국에 오기 전까지, 특히 일본에서 지낸 6년 동안, 나는 줄곧 바둑을 두며 살 수 없는 무의미한 현실을 인내해야 했으며 내가 과연 그 상황을 얼마나 더 견뎌낼 수 있을지 회의하곤 했다. 일본에서의 생활은 비교적 편안했지만 그토록 원하던 바둑을 둘 수 없었기 때문에 내겐 지옥이나 마찬가지였다.

한국기원의 정식기사가 되었다는 것은 우리도 다른 기사들과 마찬가지로 매달 기사연구비를 지급받는 기사가 되었음을 뜻한다. 그리고 우리에게도 투표권이 주어졌다. 객원기사였던 우리는 정식기사가 된 후 처음 열린 기사회의에 만사를 미뤄두고 달려갔다. 우리가 한국말을 잘 알아듣지 못하는 것 정도는 장애가 되지도 않았다.

한국기원의 기사회의는 대부분 승단 시합이 있는 날 저녁에 열렸다. 기사들이 다 모였을 때 회의를 열어 기사들이 회의 때문에 일부러 기원을 찾는 번거로움을 덜어주자는 배려 때문이었다. 기원에 도착했을 때 우리는 탄성을 질렀다.

"와! 이렇게 많은 기사들이 모였다니!"

평소 보지 못했던 기사들도 많이 눈에 띄었다. 하지만 그들에 대한 낯섦도 잠깐. 곧 우리는 뿌듯한 소속감과 연대감으로 처음 보는 그들의 눈을 피하지 않고 웃으며 바라볼 수 있었다. 그런데 가만히 보니 언제나 테이블 위에 놓여 있던 바둑판과 바둑알이 모두 한곳으로 치워져 있고 대신 다과와 음료수가 마련되어 있었다. 이창호와 양재호에게 다가가 물으니 그날이 바로 새로운 회장을 뽑는 날이라고 했다.

5시에 회의가 시작되었는데 전 회장인 한철균 6단이 사회를 보았다. 네 명의 회장 후보가 단상에 올라가 연설을 했고, 그들의 연설 또한 그다지 길지 않았지만, 뜻밖에도 나와 주주는 그들의 말을 거의 알아들을 수 없었다. 평소 바둑판을 앞에 놓고 대화할 때는 의사소통에 별 어려움이 없었는데, 마이크를 통해 쩌렁쩌렁 울리는 그들의 말을 경청하고 있는데도 도무지 무슨 말을 하는지 알아들을 수 없다는 사실이 믿어지지 않았다. 그제서야 한국의 수많은 기사들과 불편 없이 대화할 수 있었던 것은 우리 모두가 바둑이라는 공통적 삶을 살고 있기 때문임을 깨달았다.

후보들의 연설 후 곧바로 투표가 시작되었다. 연세가 지긋한 몇 명의 기사만 자리에 띄엄띄엄 앉아 있을 뿐 나머지 기사들은 모두 복도로 나가 줄을 섰다. 투표함은 옆방에 준비되어 있었다. 나는 긴장된 목소리로 옆에 서 있던 주주에게 말했다.

"누가 와서 우리에겐 투표권이 없다고 하면 어떡하지?"

그러나 그런 일은 일어나지 않았고, 먼저 투표를 마친 기사들이 줄을 서 있는 우리에게 고개를 끄덕거려주거나 미소를 보내며 지나갔다. 활짝 웃으며 우리에게 다가와 악수를 청하는 사람들도 있었다.

개표 결과 세 명의 후보가 33대 32대 30으로 근소한 표 차이를 보였다. 그때 누군가가 단상 위로 올라가 재투표를 하게 되었음을 알렸다. 그러자 기사들이 다시 일어나 줄을 섰다. 어리둥절해하는 우리에게 옆에 있던 최명훈이 자세히 설명해주었다. 첫번째 투표에서 한 후보가 반 이상의 표를 얻으면 그것으로 당락이 결정되지만, 그렇지 않을 경우 가장 많이 표를 얻은 두 후보를 놓고 재투표를 해서 표를 많이 얻은 사람이 당선된다는 것이다.

두번째 투표 결과 한상열 5단이 64대 46으로 회장에 선출되었다. 나는 궁금증을 참지 못해 평소 친분이 있던 젊은 기사들에게 회장이 하는 일이 무엇인지 물어보았다.

"물론 프로 바둑기사들을 위한 봉사지요."

옆에 있던 김승준도 한마디 덧붙였다.

"두 분도 어려운 일이 생기면 회장님께 도움을 청하면 돼요."

새로 선출된 회장의 연설을 들으며 나는 각자에게 나누어준 프린트 물을 꼼꼼하게 훑어보았다. 그곳에는 한국기원의 온갖 소식이 실려 있었다. 각 부문의 재무 상황은 물론 모든 종류의 시합 현황 등도 실려 있었는데, 결론적으로 말해 기원의 보고서인 셈이었다.

그 무렵 만나는 기사마다 우리에게 미소를 지으며 축하의 말을 해주었다. 정식기사가 된 후 표면적으로는 큰 변화가 없어보였지만, 우리에게는 그 의미가 각별했다. 우리가 한국기원으로부터 긍정적인 평가를 받았다는 기쁨, 모두에게 신뢰를 받고 있다는 뿌듯함, 그 소속감, 그것을 어떻게 말이나 글로 표현할 수 있단 말인가. 나는 바둑기사로서 암담함과 절망감을 견디지 못해 조국을 떠나야만 했고, 10년 가까이 남의 나라를 떠돌며 몸을 가눌 수조차 없는 극도의 정신적 피로에 절어 살아온 사람이 아닌가.

이미 타국을 떠도는 나와 주주를 거부감 없이 받아들였던 한국기원 소속의 기사들은 우리가 더이상 유랑하지 않고 안주할 수 있는 확고한 기회를 다시 한번 준 것이다. 그들의 열린 마음과 정신은 우리를 늘 감동시킨다. 우리가 한국의 모든 기사들에게 가족애와 같은 깊은 사랑을 느끼는 것도 그 때문이다.

나는 종종 후지쯔배 개막 행사 때 미국을 대표하여 그 대회에 참가했던 차민수 선생이 단상에서 했던 멋진 말을 떠올리며 소리없이 웃곤 한다.

"이번 대회에서 마이클 레이몽은 일본 대표이고 나는 미국 대표이며, 루이나이웨이는 한국 대표입니다. 나는 이렇게 하는 것이 아주 좋다고 생각됩니다. 전세계의 기단이 벽을 허물고 하나의 대가족이 된 것이기 때문입니다."

기원은 걸어서 10분

　한국에 정착한 후 우리는 기원에 오가기 쉽다는 이유로 기원 부근만 고집하며 살았다. 어릴 때 단짝이었던 친구와는 같은 동네에 살았고, 성장해서도 정말로 좋은 사람들과는 어떻게든 심리적 물리적 거리를 좁히려고 애쓰며 살았다. 주주와 헤어져 지낸 세월이 그처럼 견디기 힘들었던 것도 우리가 태평양을 사이에 두고 멀리 떨어져 살았기 때문이었다. 그의 목소리라도 들어야만 숨을 쉴 수 있을 것 같던 힘든 그리움의 날들이 과거 속으로 묻혀버리고 현재 우리 둘은 가정을 이루어 안정된 삶을 살아가고 있다. 이제 우리는 기원을 단짝친구처럼 옆에 둬야만 직성이 풀린다.

　2년 전에는 기원에서 가까운 오피스텔에 세를 들어 살았다. 그 집은 남향이라 따뜻한 햇볕이 집 구석구석 비쳐들었다. 집에서 기원까지 걸어서 5분이면 도착할 수 있었고, 오갈 때마다 작은 가게

들을 지나다녔다. 야채를 파는 커다란 포장마차, 과일 리어카, 슈퍼마켓, 빵집, 약국, 떡볶이 집, 횟집 등 수많은 가게가 우리가 오가는 길가에 줄지어 있었다. 집으로 돌아오는 길에 이것저것 필요한 것을 사다 보면 어느새 집 앞에 닿아 있었다. 같은 길을 매일 비슷한 시간에 오가다 보니 상인들도 주주와 내가 외국 사람임을 알게 되었고, 그 길을 지나갈 때면 언제나 양쪽에서 상인들이 우리에게 인사를 건넸다. 가끔 내가 혼자인 것을 보면 그들은 사심 없이 웃으며 물었다.

"왜 혼자유? 신랑은 어딜 갔수?"

미국에 살 때는 대문을 서로 마주보고 있는 이웃과도 제대로 한번 인사를 나누지 못했다. 얼핏 보면 남의 사생활에 관심을 갖지 않는 그들이 예의 발라 보일 수도 있지만 그것은 타인에 대한 무관심의 고상한 표현일 뿐이었다. 이방인으로서 그들의 무관심이 편할 때도 있었지만 때로는 피부색만 다를 뿐 우리도 똑같은 사람임을 느낄 수 있는 인간적인 소통이 못 견디게 그리워 물끄러미 그들의 집을 바라보곤 했다. 어쩌면 그들은 그런 내 모습을 문 뒤에서 바라보며 부담스러워 더욱더 마음의 문을 닫았을지도 모른다. 그때를 생각하면 길 양쪽에서 우리를 향해 날아오는 경쾌한 인사말은 고향에 온 듯 푸근한 기분이 들게 했다.

오피스텔의 2년 계약기간이 끝났을 때 우리는 이사를 하기로 했다. 그런데 이번에는 더이상 이삿짐을 싸는 것이 싫어서 아예 우리 집을 장만해서 이사하기로 결심했다. 비록 한국에서 얼마간 살았다고 하지만 거의 기원에서 살다시피 한 우리는 한국의 주거 사정에 대해 전혀 아는 것이 없었다. 게다가 한국말도 그리 유창하지 못했으니 집을 사는 것은 결코 쉬운 일이 아니었다. 고맙고 다행스럽게도 우리의 사정을 잘 알고 있던 사람들이 자진해서 우리를 도와줬다. 집을 찾아다니고, 의견을 말하고, 흥정을 하고, 계약을 한 후 이사하는 일까지 그들은 기꺼이 도와줬고 우리는 감사하는 마음으로 그들의 호의를 받아들였다.

이곳에서 우리 집을 갖기 위해서는 적지 않은 대출을 받아야 했지만, 다른 곳도 아닌 한국에 우리 집이 생긴다는 기쁨만으로도 대출에 대한 부담감을 떨쳐버릴 수 있었다. 집을 살 생각을 하자 그 무엇과도 바꿀 수 없는 든든함과 더불어 이제야말로 정말로 한국에 뿌리를 내리게 되었다는 안도의 한숨이 터져나왔다.

주주가 미국에서 집을 살 때 나는 일본에 있었기 때문에 그는 혼자서 이리 뛰고 저리 뛰며 집을 보러 다녀야 했다. 집을 보러 다닌 지 2,3개월, 30여 채의 집을 직접 방문해본 후에야 그는 간신히 마음에 드는 집을 구입할 수 있었다. 나는 주주의 말만 듣고 우리가 새 집을 장만하는 데도 그만큼 힘들겠거니, 하고 내심 각오하고 있었다. 그런데 생각지 않게 이틀 만에 마음에 드는 집을 발견했다.

첫째 날에는 마음에 드는 집이 없었다. 그나마 마음에 들었던 집은 집주인이 갑자기 마음을 바꾸는 바람에 거래가 성립되지 않았다. 둘째 날, 지금 살고 있는 이 집을 보게 되었다. 우리는 그날 딱 두 집을 봤는데 처음 본 집은 도로에 너무 인접해 있는 데다 저층이라 시야가 답답해 마음에 들지 않았다. 그러나 이 집에 들어서자마자 나는 동행했던 분들을 향해 고개를 끄덕였다. 나뿐 아니라 모두들 이 집이 마음에 든다고 했다. 우리는 그 길로 아파트 상가에 있는 부동산 소개소로 갔다. 중개인의 전화를 받은 집주인의 부인이 곧바로 달려와 그 자리에서 매매 계약서를 썼고 계약금도 지불했다.

그때는 모든 일이 너무 빨리 진행되어 집을 사는 큰 문제를 숙고해서 결정하지 않고 너무 서두르는 것이 아닌가 내심 걱정스러웠다. 하지만 우리와 동행했던 분 중에는 부동산 중개업을 하는 분이 한 분 계셨는데 그분 말씀이 한국에서는 모두 그 같은 방법으로 빠르게 살 집을 결정한다고 했다. 주주도 나와 같은 생각을 하는 것 같았지만 우리와 동행했던 모든 사람들은 다른 누군가에게 기회를 빼앗기기 전에 빨리 결정해야 한다며 한결같이 입을 모았다. 결국 주주와 나는 한국에서는 집을 사는 데 30분만 있으면 되겠다며 웃고 말았다.

한국의 아파트는 건설회사가 달라도 평형대가 같으면 집 구조가 비슷비슷하다. 미국이나 중국처럼 같은 동 안에서도 구조가 제각각인 아파트는 거의 없는 것 같다. 그래서 한국에서는 아파트를 구입할 때 그 아파트가 속해 있는 지역이나 위치가 어디인지가 제일 중요하고, 그 다음은 단지가 큰지 작은지 여부가 중요한 조건이라고 한다. 하긴 좋은 아파트의 조건이 그 정도라면 집을 구입하는 데 드는 시간이 30분이면 충분할 것도 같다.

이왕에 아파트 위치 이야기가 나왔으니 한마디 덧붙이자면, 우리를 도와줬던 부동산 중개업을 하던 최 선생은 단지가 크고 주민이 많은 아파트가 집값이 더 많이 오른다며 산 위쪽에 있는 아파트를 추천하고 싶다고 했다. 그러나 우리에겐 단 한 가지 불변의 조건만 있을 뿐이었다. 그래서 우리는 줄곧 기원에서 가까운 곳이어야 한다는 주장만 되풀이했다. 아무것도 모르는 우리가 답답했던지 동행했던 한 분이 조심스럽게 말했다.

"두 분은 정말 이상하시네요. 우리나라 사람들은 좋은 아파트를 장만하기 위해 조그만 불편쯤은 아무렇지도 않게 생각하는데, 두 분은 계속해서 기원에서 가까운 집만 고집하시네요. 조금 멀면 운동을 한다 생각하고 걸어다니든가 차를 타고 다니면 되잖아요. 조금만 불편을 감수하면 집값도 많이 뛰고, 좋을 텐데!"

최 선생의 의견에 한편으로 마음이 흔들리던 나는 그분의 말을 듣고 정신이 번쩍 들었다.

'그래, 누가 뭐라 하든 집을 사는 것은 우리 자신들을 위한 거야. 그렇다면 기원에서 가까운 게 제일 첫번째 조건이야. 덜 중요한 일에다 우리의 에너지를 소모할 필요는 없겠지?'

그래서 우리는 여전히 기원 옆에 살고 있다. 이 집에 살게 된 1년 7개월 동안 우리 아파트 가격이 제법 올랐다. 그러나 우리가 추천받았던 산 위쪽에 위치한 아파트는 이 아파트보다 훨씬 많이 올랐다. 역시 전문가의 안목은 정확했다. 그렇다고 해서 그때 우리의 선택을 후회하는 것은 아니다. 역시 우리 집은 기원 옆에 있어야 한다!

성동구 마장동에 위치한 우리의 새집에서 기원까지는 걸어서 10분 거리이다. 오가는 길도 예전과는 달라 큰 도로를 따라 걸어야 한다. 도로를 끼고 있는 가게들도 지난번에 살던 곳과는 상당히 달라서 시장을 보기도 조금 불편해졌다. 길에서 인사를 주고받던 아주머니 아저씨들마저 없으니 오가는 길도 훨씬 더 멀게 느껴지고 어딘가 마음 한구석이 썰렁해진 기분이다.

다행히 이곳에서도 몇몇 이웃들을 알게 되었다. 살아가는 환경만 다를 뿐, 그들 역시 친절하고 타인에 대한 배려가 깊은 사람들이다. 엘리베이터 안에서 만나면 말없이 우리가 내려야 할 층의 버튼을 눌러주는 이웃의 얼굴에서도, 그냥 빙그레 웃어주는 이웃의 얼굴에서도 따뜻한 마음이 느껴진다. 우리가 모르는 이웃들도 상냥한 얼굴로 "바둑?" 또는 "중국 사람?" 하며 따뜻한 마음을 내보인다. 어떤 사람들은 친근감을 중국 인사로 대신하기도 한다.

나는 일본에서 3년 동안 아파트 생활을 했지만 이사를 나오는 날까지 단 한 집과도 알고 지낼 수 없었고, 아파트에서 날마다 마주치는 사람들도 얼굴을 외면한 채 제 갈 길만 재촉했다. 그들은 내가 먼저 말을 건넬 수 있는 기회를 주지도 않았다. 그때를 생각하면 날마다 만나는 따뜻한 한국 사람들의 심성에 고개를 숙이지 않을 수 없다.

오~ 필승 코리아!

2002년 5월 하순. 나와 주주가 중국에서 일을 보고 한국으로 돌아오려고 할 때였다. 친구들이 하나같이 부러운 표정을 지으며 말했다.

"너흰 월드컵을 볼 수 있어 좋겠다."

그러나 나는 월드컵엔 별 관심이 없었다.

"난 월드컵을 볼 생각이 별로 없는데."

그러자 모두들 설마 하는 얼굴로 나를 바라봤다. 내가 다시 말했다.

"난 월드컵엔 별 관심이 없어."

관심이 없다는데도 그들은 왜냐고 그 이유를 물었다.

"무슨 다른 뜻이 있는 건 아니고, 그냥 축구에 관심이 없을 뿐이야."

국가대표팀에 있을 때 축구를 본 적은 있지만 그런 경기는 대부분 내 친구가 선수로 뛰거나 바둑팀과 다른 팀이 시합을 할 경우였다. 다른 팀과의 경기에서 인원이 모자라는 바람에 딱 한번 선수로 뛴 적은 있었다. 전국대회 때는 바둑기사들이 창장長江이나 황허黃河를 기준으로 팀을 나누어 시합을 하는 남북 대항전을 보러 가기도 했다. 그런 시합에는 응원단도 선수도 관중도 모두 바둑계 사람들이었다. 축구에 별 관심이 없던 나는 아는 사람들 사이에 끼여서 사람들이 북적거리는 분위기를 즐길 뿐이었다.

공공연하게 축구 경기를 보지 않겠다고 했지만, 주주가 축구를 좋아하기 때문에 집에서는 거의 모든 경기를 빠뜨리지 않고 시청했다. 더구나 2002년 월드컵이 치러지는 동안 한국에 있자니 월드컵 열기를 체감하지 않을 수가 없었다. 처음엔 시큰둥하게 보던 경기도 수많은 카메라가 잡아내는 선수들의 온갖 표정과 기발한 반칙 장면, 강한 승부욕 등에 매료되어 점점 텔레비전 앞으로 다가앉을 수밖에 없었다.

우리가 바둑 도장의 기원 연구생들을 만나러 간 날이었다. 그날은 오후에 한국과 미국의 경기가 있었다. 나는 예전과 다름없이 학생들을 지도하고 있었는데 오후 3시가 넘자 도장의 선생이 초조한 듯 내 주변을 왔다갔다했다. 보통은 하루에 두 판을 두는데, 그때 나는 첫판을 두고 있었다. 약간은 어수선한 상태로 복기를 끝내고 미처 바둑알을 정리하기도 전에 그가 재빨리 말했다.

"미안합니다. 오늘은 여기까지만 하시죠. 곧 우리나라 경기가 시작되거든요."

도장에는 텔레비전이 설치되어 있었다. 선생은 좋은 자리를 가리키며 나에게 앉아서 함께 보자고 했지만 아무래도 집에 돌아가 편하게 보는 것이 좋을 것 같았다. 내가 집으로 가기 위해 일어서자마자 선생은 밖을 향해 큰소리로 외쳤다.

"어서들 와라! 축구 보자!"

그의 말이 채 끝나기도 전에 수십 명의 아이들이 환호성을 지르며 우리가 있던 방으로 뛰어들어왔다.

다음날 기원에 가자 사업부 친구들이 한숨을 푹푹 내쉬고 있었다. 깜짝 놀라 무슨 일이냐고 묻자 어제 미국과의 경기를 반드시 이겼어야 했는데 비겼기 때문에 다음 상대인 포르투갈한테는 반드시 이겨야 하는 부담을 안게 되었고, 포르투갈은 축구 강국이기 때문에 16강 진출이 상당히 어렵게 되었다며 일할 맘이 싹 가셨다고 했다. 그날은 만나는 사람마다 비슷한 말을 했다.

그날 오후 우리는 출입국 관리국에 볼일을 보러 갔다. 창구 여직원에게 주주가 인사말 겸 전날 있었던 경기를 봤냐고 물었다. 그녀는 당연히 봤다며 로비에서 차례를 기다리는 사람들을 손으로 가리키며 덧붙여 말했다.

"어제 로비에서 기다리던 사람들이에요. 우리나라 축구 시합이 있으니 한 시간만 기다려달라고 했더니 모두들 흔쾌히 이해해주셨어요."

한국의 경기가 있는 날은 말할 것도 없고 월드컵 기간 내내 거리는 붉은악마 티셔츠를 입은 사람들로 넘쳐났다. 시합을 하러 온 기사들도 붉은악마 티셔츠를 입고 있었다. 유창혁과 최명훈도 만나기만 하면 축구 이야기뿐이었다. 기사실에 모여 앉아 텔레비전을 시청하던 젊은 기사들은 한국이 과연 16강에 진출할 수 있을지 촉각을 세우며 얘기꽃을 피웠다. 나 역시 그들의 분위기에 점점 동화되었다. 특히 한국 선수들의 멋진 플레이에 감동하여 수도 없이 같은 장면을 보고 또 보면서 한국 팀을 응원하는 열성 팬이 되어갔다.

한국 팀이 속해 있던 D조의 마지막 경기를 보기 위해 우리도 붉은악마 티셔츠를 입고 시청 앞 광장으로 갔다. 그곳은 그야말로 붉은 바다를 이루고 있었다. 시합은 아직 시작되지도 않았지만 20만이 넘는 인파로 하늘까지도 붉게 달아오른 듯했다. 광장을 중심으로 사방에는 크고 작은 스크린이 설치되어 있었으며 젊은이들이 대한민국을 외치며 박수를 치는 힘찬 기운이 경기를 앞두고 있는 한국 선수들에게 전달되어 반드시 좋은 결과를 가져올 것이라는 확신이 들었다.

그들의 분위기에 휩쓸려 있다가 경기가 시작된 후에야 우리가 있는 자리가 스크린을 통해 경기를 볼 수 없는 자리임을 알았다. 경기를 볼 수 있는 좋은 자리는 아침 일찍부터 나와 기다리던 사람들의 몫이었다. 제대로 자리를 잡지 못한 사람들에게 휩쓸려 이리저리 뛰어다니다가 우리는 간신히 무성한 나뭇잎 사이로 스크린의 3분의 1 정도만 보이는 곳에 멈췄다. 사방을 둘러보니 나이 어린 경찰들이 손에 손을 맞잡고 군중들을 통제하고 있었지만 두 눈만은 뚫어지게 스크린을 응시하고 있었다.

어느 순간 갑자기 광장에서 어마어마한 함성이 터져나왔다. 우리는 누가 골인이라도 한 줄 알고 나뭇잎 사이로 감질나게 보이는

한국 시장은 언제나 활기차다. 우리에게 활력을 불어넣어준다.

스크린을 뚫어지게 쳐다봤지만 한국 선수가 상대방에게 공을 빼앗는 장면일 뿐이었다. 수십만 군중들은 경기를 관람하면서도 한 호흡으로 "대~한민국"을 외치며 그 리듬에 이어 함께 "짜자작 짝짝" 손뼉을 쳤다. 그리고 한 목소리로 "오~ 필승 코리아"를 외쳤다. 그만한 단결력과 충전된 에너지를 가진 한국 사람들에겐 불가능한 일이 없을 것 같았다.

우리도 그 무리 속에 섞여 있고 싶었지만 경기를 제대로 볼 수가 없어 자리를 옮겨 명동으로 갔다. 한 가전제품 상점에서 밖에다 대형 텔레비전을 내놓은 것이 보였다. 우리는 얼른 군중들 뒤로 다가가 경기를 보다가 중간 휴식 시간을 이용해 서둘러 집으로 돌아왔다. 오면서 보니 거리의 술집이나 커피숍 할 것 없이 축구를 보는 수많은 사람들로 넘쳐나고 있었다. 크고 작은 광장이든 공원이든 사람들이 있는 곳이면 어디든 다양한 종류의 텔레비전과 스크린이 설치되어 있었다. 화면 속에서 관중들이 응원을 하면 술집과 공원에 있던 관중들도 화면 속 관중들과 똑같이 응원을 하며 박수를 쳤고, 검지손가락을 세워 두 손을 앞으로 쭉 뻗으며 "대~한민국"을 외쳤다.

집에 돌아와 텔레비전을 켜자마자 한국팀이 골을 넣었다. 아파트 전체가 떠나갈 듯한 함성소리에 뒤질세라 내지르는 우리의 고함소리. 정말 기분좋고 통쾌한 순간이었다.

월드컵 16강전 다음날로 잡힌 주주의 시합(2002년 중국 갑급 리그전) 일정 때문에 우리는 집에서 한국과 이탈리아의 16강전 경기를 시청했다. 축구를 잘 모르는 내가 보아도 그 경기는 정말 치열했다. 축구공을 중심으로 양쪽 선수들이 뛰어오르는가 싶더니 반칙을 당한 한국 선수들이 고통스러운 얼굴로 우루루 땅으로 떨어졌고, 한국 선수에게 반칙을 하려던 이탈리아 선수가 실수로 자기 팀 선수를 때려 피가 흐르는, 말 그대로 혈투가 계속되었다. 후반전 내내 이탈리아 선수들은 먼저 넣은 한 골을 지키려고 수비를 강화한 경기를 했지만 한국 선수들은 필사의 정신으로 상대방 골문을 향해 몸을 아끼지 않고 돌진해 들어갔다. 이탈리아 선수들은 자신들이 스포츠 정신에 역행하는 경기를 하더라도 축구 역사엔 승패의 기록만 남는다는 사실만을 염두에 둔 것 같았다. 바둑기사인 내겐 분명히 이겨도 개운치 않은 경기가 있고, 져도 그다지 기분나쁘지 않고 왠지 역량이 상승된 듯 뿌듯한 경기가 있는데…….

경기 종료를 불과 몇 분 앞두고 드디어 한국팀이 동점 골을 넣었다. 그순간 아파트의 모든 집에서 한꺼번에 환호성을 내지르는 바람에 세상이 소리바다 속으로 잠기는 듯했다. 곧바로 벌어진 연장전에서 안정환 선수가 다시 한 골을 넣으며 극적으로 시합을 끝내자 환호성은 그야말로 산을 밀어붙이고 바다를 뒤집어엎을 만한 기세로 쏟아져나왔다. 살면서 내가 그때처럼 기뻐하며 목청껏 환호성을 지른 적이 과연 몇 번이나 되었을까.

일본인 친구가 도쿄에서 전화를 해 한국 축구선수들을 칭찬하자 나는 마치 자신이 한국 사람이라도 되는 것처럼 예의를 갖춰 겸손하게 말했다.

"너희 일본 팀도 아주 잘했는데, 뭘. 8강에 못 올라가서 정말 아깝게 됐다."

그 친구 역시 세계의 많은 축구 팬들처럼 한국팀의 매력에 흠뻑 빠져 있었다. 그는 자기 나라 선수들도 잘했지만 한국 선수들이 얼마나 더 멋진지 열변을 토하다가 공에 대한 집요함과 불굴의 정신력에 깊이 감동받았다는 말을 연발했다. 그 기나긴 전화 통화는 한국팀이 4강에 오를 수 있기를 바란다는 말로 마무리되었다.

한국팀의 8강전 때 주주와 나는 베이징에 있었다. 우리는 그 경기를 반드시 봐야만 했다. 그런데 우리가 묵던 숙소의 텔레비전 상태가 좋지 않아 계속해서 지지직거렸다. 다른 경기라면 안 봐도 그렇게 섭섭하지 않겠지만, 한국의 8강전인데…… . 우리는 어떻게 할까 궁리하다가 택시를 불러 타고 중국기원 바둑부에 있는 우리武力 언니네 집으로 달려갔다.

우리는 오직 한국팀의 승리를 기원하며 손에 땀을 쥐고 뚫어져라 텔레비전 화면을 노려봤지만 어느 팀에서도 쉽게 공을 넣지 못하는 팽팽한 접전이 계속되었다. 연장전 후반이 끝나갈 때는 혼신의 힘을 다해 뛰고 있는 선수들이 저러다가 다 쓰러져버리는 건 아닌가 하는 걱정이 들었다. 그들의 집중력과 승리를 향한 근성은 바둑기사인 내가 반드시 보완해야 할 점이었기 때문에 나는 단 한순간도 텔레비전에서 눈을 떼지 못했다. 결국 두 팀이 승부차기로 승패를 가르게 되었을 때 내 심장은 콩닥콩닥 뛰었다. 그리고 우리의 기대를 저버리지 않고 한국팀이 승리했다. 아, 너무도 멋진 한국 선수들! 마지막으로 공을 찬 20번 홍명보 선수가 골인을 확인하자마자 몸을 돌려 시원한 이마를 내놓고 머리를 휘날리며 뛰어가는 모습을 보며 우리 세 사람은 서로를 끌어안고 "너무 잘했어! 너무 멋

있어!"를 연발했다.

4강전에서 한국은 독일과 맞서 싸웠다. 우리는 친구들과 미리 약속을 하고 대형 텔레비전이 있는 식당으로 가서 식사를 하며 축구를 봤다. 같이 경기를 보던 친구들 중 몇몇은 독일을 응원하고 있었는데, 풀죽어 있는 주주와 나 때문에 환호성을 자제하는 것이 역력히 보였다. 그날 나는 음식을 거의 먹지 못했다. 너무 긴장한 탓도 있었지만, 한국팀이 아깝게 져버려서 나중에는 너무 마음이 아파 아무것도 먹을 수가 없었다.

3,4위전인 한국과 터키전이 열리던 날 우리는 중국 산둥山東의 불교 성지인 우타이산에 있었다. 그때 우리는 한국과의 시차를 염두에 두지 않은 바람에 시합이 시작된 시간에도 타이위안太原으로 가는 길 위에 있었다. 나중에 그 사실을 안 주주가 외조카에게 전화를 했고, 그가 계속해서 전화로 우리에게 경기 상황을 알려주었다. 경기가 시작되자마자 한국팀이 한 골을 실책했다는 말을 처음 들었을 때는 주주의 외조카가 일방적으로 한국을 응원한다며 우리를 놀리는 줄 알았다.

그렇게 전화로 그때그때 상황을 전해 들으며 숙소에 도착해 겨우 후반전을 볼 수 있었다. 결국 지고 말았지만 한국의 젊은 청년들의 모습은 정말 멋있었다. 그리고 형제의 나라로 표현하는 터키와의 우정도 무척 부러웠다. 프로기사인 나도 어쩔 수 없이 그들처럼 경기 때마다 승부에 집착하게 된다. 하지만 가끔은 그런 내 모습에 대한 성찰이랄까 회의랄까, 나의 내면을 아프도록 들여다보게 하는 서늘한 자아와 마주치게 된다. 그때마다 내가 늘 바라는 바대로 한국의 젊은 축구선수들 역시 자신들이 혼신의 힘을 다해 살고 있는 축구선수로서의 삶이 그들의 정신까지 윤택하게 할 수 있기를 잠깐이나마 기원했다.

월드컵에서 한국 선수들은 충분히 훌륭했다. 내게 깊은 인상을 준 장면은 수없이 많지만, 특히 한국 선수들이 축구 팬들에게 보여준 세레모니가 오랫동안 기억에 남아 있다. 승리 후에 모든 선수들이 손에 손을 잡고 운동장을 달려나오면서 파란 잔디 위에 한꺼번에 엎드리는 장면은 정말로 감동적이었다. 그러나 뭐니뭐니 해도 가장 감동적인 장면은 시합에 지고 나서도 터키 선수들과 손을 맞잡고서 관중들을 향해 높이 들어올려 준 장면이다. 그들의 멋진 모습을 지켜본 세계의 모든 축구 팬들도 하나같이 그 모습에 매료되었을 것이다.

한국바둑의 미래가 보여요

이곳에 와서 살게 된 뒤 우리는 한국바둑의 큰 발전을 실감했다. 우리의 화제는 언제나 한국바둑의 미래가 얼마나 낙관적인지, 한국 기사들의 의식이 얼마나 열려 있는지 등등에 모아졌다. 주주는 한국바둑의 현실과 발전 가능성을 주제로 글을 써서 150만 부를 발행하는 중국 《제1체육신문》에 두 차례 게재했는데, 제목은 '한국 바둑을 진단해본다'였다.

1990년 이후 세계 기단은 한국인의 천하였다. 1988년 후지쯔배, 잉창치배 등 세계대회가 창립된 후 2001년 2월까지 각종 바둑대회에서 35명의 우승자가 배출되었는데, 그중 한국인이 무려 스물세 명으로 가장 많으며 그 다음이 일본(9명)과 중국(3명) 순이다. 거기다가 지금 진행되고 있는 LG배를 염두에 두면 한국 기사는 더 늘어날 것으로 예견된다. 그뿐인가. 세 나라가 참가한 슈퍼배에서도 한국팀의 성적이 단연 두드러졌다.

세계대회 우승컵을 개인별로 살펴보면 이창호(13개), 조훈현(6개), 유창혁(4개) 순이다. 이것만으로도 이창호, 조훈현, 유창혁 세 사람이 버티고 있는 한국 바둑의 막강한 세력을 짐작할 만하다. 그러나 돌이켜보면 1980년 초 김인 9단이 천하를 통일하던 때로부터 조훈현 9단이 왕좌에 오를 때까지는 한국의 기사층은 그다지 두텁지 못했다. 하지만 오늘날 한국 기단은 막강한 실력을 지닌 젊은 기사층이 점점 두터워지고 있으며 차세대 바둑기사 양성에도 적극적이다.

바둑전문 방송의 시청률과 그외 다양한 통계를 수집해 산출한 결과 한국의 바둑 인구는 무려 1천만 명에 육박한다고 한다. 한국에서는 바둑전문 채널에서 세계 바둑대회를 생중계하는데, 그 반응은 정말 놀랄 정도다. 주주와 내가 거리를 돌아다니거나 밥을 먹을 때도 생각지도 않았던 곳에서 사람들이 우리를 알아보고 인사를 건넨다.

언젠가 주주와 나는 1970년부터 시작된 한국 여자 아마추어바둑 국수전에 참가한 적이 있다. 그날 서울에는 눈이 내리고 기온이 갑자기 뚝 떨어졌는데도 대회 참가자는 다른 해와 비슷한 5백여 명에 달했다고 한다. 또한 한국에는 각종 여자기사 시합이 있는데, 모두가 기원이 심사숙고한 끝에 생각해낸 행사이다. 바둑을 보급하는 과정에서 일단 여성들을 구성원으로 끌어들이면 쉽게 사람들의 지지를 얻을 수 있을 뿐만 아니라 가족 단위의 참여도 기대할 수 있다고 판단했기 때문이다. 그들이 가정에서는 물론 친구들에게까지 영향을 줄 수만 있다면 바둑의 확산 효과는 실로 어마어마한 것이리라.

1989년 조훈현 선생이 잉창치배에서 우승한 시점이나 90년 초 천재 소년 이창호가 국내 바둑대회에서 왕좌에 오른 때를 전후해서 자신들의 자녀를 바둑인으로 키우고자 하는 생각이 곳곳에서 싹트기 시작했다. 이 점을 간과하지 않은 한국기원은 어린이 바둑의 바른 보급을 위해 초등학교에 바둑 수업을 개설하자는 요지의 특별회의를 개최했고 한다. 그때의 구호가 "백 개 학교에 바둑반을 신설하자"였으며, 대상은 초등학교 1학년에서부터 6학년까지였다고 하니 한국기원의 장기적인 안목에 존경심이 생긴다. 이 계획을 실천에 옮기기에 앞서 한국기원에서는 당연히 생길 수도 있는 의문, 이를테면 "왜 우리 아이들에게 바둑을 가르쳐야 하는가?" 등의 질문에 대한 준비 또한 철저했다. 조기 지능개발 및 집중력 향상, 인내력과 사고능력 함양, 예절의식 고취 등등.

미래를 내다본 한국기원의 노력은 헛되지 않았다. 1993년에 이미 어린이 바둑교실은 1천 개에 육박했고, 참가 인원도 10만 명을 넘었다. 작년 통계에 따르면 바둑반이 있는 초등학교는 무려 2백 개에 달하며 그곳에서 양성되고 있는 인원만도 20만 명에 이른다고 한다. 20만 명의 어린이들! 이 숫자가 나를 감동시킨다. 정말 굉장하다. 이 통계 숫자는 20만 명의 어린이만을 뜻하는 것이 아니라 매년 증가해갈 숫자까지 잠정적으로 암시하고 있다. 바둑을 배우는 한 명의 어린이가 친구들이나 가족에게까지 끼칠 영향을 생각해보면 저절로 감탄사가 흘러나온다.

한국의 어린이들은 학교가 끝난 뒤에 두세 개의 과외를 하고 있는데 최근까지도 빠듯한 시간을 할애하여 바둑을 배우고 있는 국민적 인기는 식지 않고 있다. 한국기원의 이러한 준비 과정은 미래에도 한국이 세계바둑을 주도할 것임을 강하게 암시하고 있다. 어린이 바둑교실을 방문할 때마다 나는 "저도 이창호처럼 될 거예요" "우리 아이도 좋은 바둑기사로 키우고 싶어요" 하는 말을 종종 들었다. 그들의 의식은 점점 성숙되어 이제는 "직업기사가 되지 못하더라도 지능개발은 할 수 있어 아주 좋습니다. 바둑을 두는 것은 좋은 지능 오락을 하나 배우고 있는 것이잖아요?"라고 말하는 수준에 이르렀다. 언젠가 나와 주주는 부산에서 열린 이붕李鵬배 어린이 바둑대회에 참관한 적이 있는데 상금이 많고 상의 인지도가 높아 매년 전국에서 4백여 명의 어린이가 참가한다는 말을 듣고 적잖이 놀랐다. 어린이 바둑 인구만 생각해봐도 한국기원의 바둑 교재의 소비량이 얼마나 되고, 그렇게 얻어진 재원이 어디에 어떻게 쓰일지 충분히 헤아려져 부러울 뿐이다.

올해 잉창치배 세계여자선수권대회 결승전을 텔레비전으로 시청하고 있을 때 큰 키에 머리를 붉게 물들인 한 남자가 오랫동안 화면에 잡혔다. 그러자 복기 해설을 하던 기사의 목소리가 갑자기 고조되며 시청자들에게 그 남자를 소개했다. 그는 한국의 대중가수 김장훈이었다. 그도 한때 한국기원의 원생이었다고 한다. 그런 그가 얼마 전 대형 콘서트를 마치고 한 인터뷰에서 그날의 공연에 대만족을 표하며 자신의 공연이 성공할 수 있었던 것은 바로 그날 LG배 결승전에서 이세돌이 적진을 뚫고 들어가는 장면을 중계방송으로 봤기 때문이라고 했다. 사소하게 넘겨버릴 수도 있는 이러한 일들도 바둑 보급에 큰 영향을 미친다.

1954년 창립된 한국기원에 소속된 기사들의 사회적 지위는 1980년대 전까지만 해도 그다지 높지 않았다고 한다. 한국기원의 중대한 변화는 몇 번의 계기에 의해 이루어졌다.

1980년 당시 스물네 살이었던 조치훈이 일본에서 명인 타이틀을 획득하며 매스컴의 주목을 받기 시작했다. 그후 일본의 중대한 기성전 도전 제1국이 1985년 1월 서울에서 열렸는데, 한국에서는 오랜 세월 동안 나라 밖에서 전쟁을 치르다 귀국한 조치훈을 환영하듯 연일 대대적인 보도를 했다. 그러자 바둑 인구가 급속히 확산되기 시작했다. 때를 맞춰 처음으로 어린이 바둑교실이 개설되었고, 가정에서도 자녀들에게 바둑을 장려하기 시작했다.

다음으로 1989년 조훈현 선생이 잉창치배에서 우승하자 어린이뿐만 아니라 한국기원의 연구생들도 급속히 늘기 시작했으며, 전국 각지에 분원이 생기면서 연수생이 무려 3백 명에 다다르는 현재의 확고한 기반을 다지게 되었다.

한국기원은 이들 3백 명 중 1백 명을 선발하여 10명씩 10개 조로 편성한 뒤 승단 시합을 통해 4등까지만 진급시키고 나머지는 모두 유급시킨다. 또한 4개월마다 나머지 2백 명의 연수생을 대상으로 한 집중 순환 대회를 개최해 성적 우승자를 선출하여 조별로 지도한다. 연수생의 입단 나이는 열여덟 살로 제한하여 매년 8명을 선출하는데, 그중 성적이 우수한 여자 연구생 두 명과 연구생 두 명을 뺀 나머지 네 명의 정원은 치열한 경쟁을 거쳐 봄가을에 각각 두 명씩 선출된다. 유일한 특수 정원 한 명은 세계 아마추어 선수권대회에서 우승한 사람에게 배정한다. 이런 과정을 통해 연마된 소수의 사람들만이 직업선수 대열에 가담할 수 있게 하는 것이다.

그렇다면 이 초단자들의 실력은 어느 정도일까? 제5회 삼성배 세계대회 예선전에서 두각을 나타낸 열여덟 명의 기사 중에는 한국의 초단자가 세 명이나 있었다. 2,3년 전까지만 해도 한국에서는 '초단이 구단보다 세다'라는 말이 유행했을 정도니 그들의 기량을 충분히 짐작할 만하다.

서울에는 기원 연수생을 양성하는 큰 도장이 세 군데 있는데, 그중 한 도장을 운영하는 김원 6단이 주주와 나를 그의 도장으로 초청해 학생들에게 바둑을 지도해달라고 부탁했다. 당시 한국에 온지 얼마 되지 않았던 우리는 그 일을 시작한 지 며칠이 지나지 않아 학생들의 실력이 상당하다는 것을 알고 깜짝 놀랐다. 우리는 늘 그들에게 3점을 주고 바둑을 두었다. 물론 흑을 잡을 경우에는 8점 반을 주었다. 통괄 성적으로는 우리가 조금 나은 편이어서 6대 4 정도의 비율을 나타냈지만 정석(定石, 맥과 모양에 대한 오랜 경험과 연구에 의해 이루어진 변화 수순의 틀로서 공격과 수비, 절충의 수법이 제시되어 있다. 프로기사들은 자신만의 새로운 정석을 추구하며, 기존 정석에 대해 새로운 해석과 비판을 함으로써 완전한 형태의 정석을 창출하고자 한다—편주)과 포석 등에서는 연구생들이 우리보다 나았다. 그들은 어떤 것이 지금 유행하는 정석이며 어떤 것이 조훈현과 이창호가 두었던 실전인지 꿰고 있어 오히려 우리가 그들을 통해 많은 것을 배웠을 정도였다.

젊은 기사를 배양하는 산실로는 충암회가 유명하다. 다수의 직업기사가 충암고등학교 출신이어서 붙은 이름인데 다른 말로 소소회笑笑會라고도 부른다. 유창혁, 최규병, 이창호 같은 젊은 기사들이 주축이 되어 만들진 이 모임은 바둑 연구와 함께 장애인을 돕는 등의 의미 있는 사회활동도 병행해나간다.

이들의 단체훈련에는 매번 40여 명이 참가한다. 참가자들을 네 팀으로 나누어 먼저 단체시합을 한 뒤 다시 열 팀으로 재편성하여 또다시 시합을 한다. 이렇게 참가자들을 분류하여 시합을 하는 목적은 모두에게 좀더 많은 기회를 제공하기 위함이다. 시합이 끝난 후에는 연구회가 열린다. 복기 때마다 참가자들 모두 다양한 형태로 바둑을 둬서 수많은 소형 연구회가 만들어지곤 한다

현재 한국바둑의 가장 큰 덕목이자 저력으로는 성적이 우수한 기사들이 연구에 참여하기 시작하면서 젊은 기사들의 실력이 쑥쑥 성장된 점과, 최고 위치에 오른 일류 기사층 아래로 두터운 기사층이 형성되어 건강한 순환이 이루어지고 있다는 점을 꼽을 수가 있다.

작은 손에 바둑돌을 쥐고 초롱초롱한 눈망울로 이제 막 바둑을 배우는 아이들과 시간 가는 줄 모르고 대국에 몰입하는 한국의 젊은 기사들을 볼 때마다 나는 내가 처음 바둑을 배우던 날을 가만히 떠올려보곤 한다.

2

검은 돌 흰 돌

　내 바둑인생을 거슬러 올라가다 보면 그 처음엔 언제나 1974년 어느 날 오후가 자리잡고 있다. 그날 아버지는 나와 동생의 손을 잡고서 길 건너에 있는 찡안취靜安區 체육클럽으로 찾아가 바둑 훈련반의 문을 두드렸다. 아버지 손에 이끌려 높은 문턱을 넘던 그 순간이 어제 일인 듯 생생하기만 하다.

　교실에 들어섰을 때 제일 먼저 뾰족한 못이 빽빽하게 박혀 있는 커다란 바둑판이 눈에 들어왔다. 바둑돌 또한 검은 돌, 흰 돌 할 것 없이 모두 쇠로 만들어져 있었고 못에 걸 수 있도록 한가운데 구멍이 뚫려 있었다. 내 눈은 놀라움으로 휘둥그레졌다. '세상에! 이렇게나 큰 바둑판도 다 있네…….' 나는 생전 처음 보는 큰 바둑판에 압도되고 말았다. 벌어진 입을 다물지 못하고 있는데 두 분 선생께서 성큼성큼 우리들 앞으로 다가왔다. 안경을 쓰신 분이 요우웨이량尤偉良 선생이고 안경을 쓰지 않으신 분이 장자오위엔章照原 선생이라고 했다. 두 분 모두 마른 체구였지만 위엄이 느껴졌다.

"어? 흑이 죽었네."

두 분께 인사를 드린 후 어깨를 한 번 으쓱해보이며 한마디했다. 나도 바둑을 둘 줄 안다는 사실을 자랑하고 싶어서였으리라. 요우 선생은 내 돌발적인 언행에 대수롭지 않다는 표정으로 말씀하셨다.

"그 흑이야 당연히 죽었지."

깜짝 놀라시는 모습을 은근히 기대했던 나로서는 실망이 이만저만이 아니었다. 나중에서야 나는 일고여덟 개의 돌만 놓여 있을 뿐 집(돌로 에워싸인 일체의 공점을 말하며 집의 많고 적음으로 승부가 가려진다—편주)이라고는 하나도 없었던 그 바둑판에서는 그때의 내 말이 아무 소용에 닿지 않는 말이었음을 알게 되었다.

간단한 테스트를 거친 후 동생과 나는 22급으로 바둑반 생활을 시작했다. 그 당시 나는 상하이 남경 서로에 있는 제2초등학교 4학년에 재학중이었고, 나보다 한 살 아래인 남동생 루이나이지엔芮乃健은 3학년이었다.

사실 내가 바둑돌을 처음 잡은 건 쩡안취 바둑 훈련반을 찾기 전인 1973년, 부모님의 권유에 의해서였다. 그런데 동기가 좀 유별났다. 바둑, 하면 흔히 떠올리게 되는 두뇌개발이나 정신수양을 위해서가 아니었다. 부모님은 다른 무엇보다도 어두운 시기를 살아가야 하는 우리들의 장래를 걱정하셨다. 쇠퇴기에 접어들면서 기세와 판도가 많이 달라졌다고는 하나, 그 당시는 아직 문화대혁명(文化大革命, 1966년부터 1976년까지 중국의 최고지도자 마오쩌뚱에 의해 주도

된 극좌 사회주의 운동—편주)의 영향권 안에 있었다. 따라서 학교를 졸업한 학생들을 비롯해 청년 지식인들이 시골로 내려가 노동자, 농민들과 함께 일하고 생활해야 하는 하향운동下鄕運動 또한 여전히 시행되고 있었다.

부모님은 우리에게 뭐든 특기 하나만 있으면 그 재능으로 도시에 남게 될 수도 있을 거라고 기대하셨다. 배울 만한 것이 있을까, 줄곧 찾고 있던 부모님의 눈에 제일 먼저 들어온 건 탁구였다. 그러나 재능이 없어선지 아니면 흥미를 느끼지 못해서였는지 동생과 나의 실력은 좀체 늘지 않았다. 다음으로 바이올린을 배웠으나 역시 마찬가지였다. 얼마간 두고보시던 아버지는 바둑을 한번 시켜보자는 생각을 하시게 되었다. 나는 속으로 쾌재를 불렀다. 집 안에서 가장 눈에 잘 띄는 곳에 바둑판을 놓아두실 만큼 아버지는 바둑을 좋아하셨다. 종종 외삼촌이나 친구들을 불러 바둑을 두셨고, 바둑알이 놓여질 때 나는 경쾌한 소리를 들으며 자란 내게 바둑은 친근하면서도 만만해보였던 것이다.

동생과 나는 우리 집 유리탁자 밑에 끼워져 있는 종이바둑판 위에다 처음으로 바둑을 두었다. 처음에 우리는 바둑판 가득 두 눈(돌의 완생에 필요한 최소의 조건인 독립된 모양의 눈. 두 집으로 부르기도 한다—편주)으로 된 말(공격과 방어를 행하는 바둑돌을 군마의 개념으로 일컫는 말—편주)만 만들었다. 아버지는 우리에게 사활(死活. 돌 모양의 죽음과 삶. 반상의 돌이 외곽을 봉쇄당하면 사활이 대두되며 실전에서 다양한 모양으로 나타난다—편주) 등 바둑의 기초부터 가르치기 시작하셨다. 아버지는 시작 전에 항상 우리에게 열몇

점씩 내어주고 나서 바둑을 두셨지만, 사실 아버지의 실력도 좋은 편이 아니어서 언제나 삼삼(3·三, 귀 착점의 하나. 실리와 근거를 확보하는 데 유리한 반면 모양을 만들기 어렵고 중앙으로의 발전성이 약하다—편주)을 두셨다. 마지막에 100점 이하로 차이가 나면 내가 이긴 것으로 쳐주셨다.

우리가 바둑을 시작하고 얼마 지나지 않아 마침 상하이의 많은 기원들이 다시 문을 열기 시작했다. 우리 집에서 가까운 찡안취 체육클럽에도 바둑 훈련반이 생겼다. 우리가 체계적으로 바둑을 배울 수 있는 좋은 기회라고 판단한 아버지는 친구를 찾아다니며 애를 쓰셨다. 그 당시로선 바둑 훈련반에 들어가기가 그리 녹록한 일이 아니었지만, 아버지의 노력으로 동생과 나는 찡안취의 바둑 훈련반의 높은 문턱을 넘어 두 분 선생님을 만날 수 있었다.

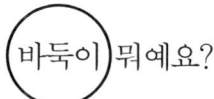 뭐예요?

요우웨이량 선생과 장자오위엔 선생을 첫 스승으로 만난 건 둘도 없는 행운이었다. 내게서 바둑의 재능을 발견하고 키워주신 그분들을 통해 나는 상대를 이기는 기술뿐만 아니라 바둑의 정신과 마음자세까지 배울 수 있었기 때문이다.

언젠가 상하이에서 열린 시합에 참가했을 때의 일이다. '어쩌면 이렇게 못 둘까? 정말 한심하네'라는 생각이 절로 들 정도로 나와 마주한 기사의 수준이 너무 형편없었다. 나는 상대가 어이없는 실수를 할 때마다 터져나오는 웃음을 참을 수 없었다. 시합이 끝난 뒤 나는 처음으로 요우 선생에게 호된 꾸지람을 들어야 했다.

"만약 네가 실수했을 때 상대방이 비웃는다면 너는 어떤 기분이 겠니? 바둑을 두려면 바른 태도부터 배워야 한다. 그리고 반드시 명심해라. 상대방이 어떻게 두든 너는 항상 진지한 마음으로 임해

내 인생은 바둑으로 뻗쳐진 한 길 인생이다.

야 한다는 사실을."

학식이 깊은 요우 선생은 원래 과학기술 분야에서 일하셨는데 문화대혁명이 선생의 인생을 바꿔놓았다고 한다. 요우 선생은 나에게 바둑의 외적인 면과 내적인 면을 포괄적으로 설명해주셨다. 지금 생각해보니 작게는 바둑의 매력, 특히 바둑을 통해 내가 얻을 수 있는 것이 무엇인지를 알게 해주셨고, 넓게는 바둑을 통해 세상을 보는 눈을 틔워주셨다. 아무리 많은 매력을 가지고 있더라도 그것을 발견하지 못하면 그것이 그 사람에게 무슨 소용이 있겠는가. 마찬가지로 바둑 역시 나열하기 어려울 정도로 무궁무진한 매력을 가지고 있지만 내가 그것을 발견하지 못했다면, 그리고 선생이 내게 그 방법을 일러주지 않았다면 나는 탁구나 바이올린처럼 금방 싫증을 내고 또 다른 것을 찾아헤맸을 것이다. 그랬다면 내가 지금까지 바둑을 두고, 한국이라는 나라와 인연을 맺는 일도 아마 없었을 것이다.

나는 우리 집과 아주 가까운 거리에 있는 선생 댁을 수시로 드나들었다. 상하이시 대표팀이나 국가대표팀에 들어간 후에도 집에 들를 때면 반드시 선생을 찾아갔다. 선생은 나를 볼 때마다 도움이 될 만한 기보며 책을 권해주시고는 어떻게 안목을 넓혀야 하는지, 또 어떤 점을 보완해야 하는지 찬찬히 일러주셨다. 요우 선생은 먼곳에서든 가까운 곳에서든, 보이는 곳에서든 보이지 않는 곳에서든 언제나 나를 지도하고 계셨던 것이다.

1986년, 상하이에서 열린 제2회 중일 슈퍼대항전의 3차전 시합이 떠오른다. 그 대회에서 나는 일본의 이마무라 도시야今村俊也와 대국을 치르게 되었다. 시합 전, 요우 선생은 나에게 조급한 마음을 버리고 평상심을 가지라고 당부하셨다. 제일 가까운 곳에서 나를 지켜보며 지도하신 분인 만큼 나의 장단점 모두를 훤히 꿰고 있었던 것이다. 요우·선생은 시합장 밖에서 지켜보고 계셨다. 선생의 격려에도 불구하고 나는 어이없이 지고 말았다. 요우 선생이 유일하게 관전한 시합이었는데……. 그때를 떠올리면 지금도 얼굴이 화끈거릴 정도로 부끄러워진다. 언제쯤이면 요우 선생이 지켜보시는 앞에서 우승하는 모습을 보여드릴 수 있을지…….

요우 선생에 비해 비교적 엄격한 편이었던 장자오위엔 선생은 기술적인 면에서 훌륭한 가르침을 주셨다. 선생은 그 당시 중국에서 가장 뛰어난 바둑기사 중의 한 분이기도 했다. 특히 끝내기(초반의 포석과 중반의 전투 후 종반에 접어들어 쌍방의 선후수 다툼으로 집의 구획을 확정해가는 일—편주)와 맥(사활 또는 수습과정에서 결정적인 변화의 실마리가 되는 자리—편주)에 탁월했다. 나는 《월간바둑》에 실린 선생의 글을 통해 선생의 해박한 이론과 해설을 접할 수 있었을 뿐만 아니라 유명한 바둑기사인 선생의 친구들과도 바둑을 두며 공부할 기회를 가졌다. 장자오위엔 선생은 기술뿐 아니라 가르친 경험 역시 풍부했기 때문에 처음 바둑을 배우는 나는 기초를 단단하게 다질 수 있었다.

나를 처음 바둑판 앞에 앉힌 분은 아버지였지만, 바둑의 매력에 붙들려 바둑판을 떠날 수 없도록 만든 분은 바로 쩡안춰 바둑 훈련반에서 만난 두 분 선생이라고 말할 수 있다.

 비밀이 없는 친구

나와 동생은 학교 수업이 끝나면 곧바로 바둑반으로 달려갔다. 바둑 두는 재미에 푹 빠진 우리는 바둑반으로 갈 때마다 신이 났다. 바둑 수업은 못이 가득 박힌 커다란 바둑판 위에 각종 그림을 그려가며 진행하는 기보 설명으로 시작되었고, 설명이 끝난 후에는 각각 짝을 지어 바둑시합을 벌였다. 그 시합에서 연이어 몇 판을 이기면 급수가 올랐고, 또 몇 판을 지면 급수가 내려갔다. 모두들 승패의 결과에 크게 자극을 받으며 바둑에 매달리지 않을 수 없었다.

나 또한 시합에 이겨서 높은 급수에 오르기를 바랐고 한 급 오르면 그에 만족하지 못하고 끝없이 높이 오르고 싶었다. 바둑은 설명할 수 없는 묘한 매력으로 강하게 나를 끌어당겼다. 하면 할수록 그렇게 재미있을 수가 없었다. 어떻게 하면 상대를 이겨서 급수가 높아질까, 당시 내 머릿속에는 온통 그 생각으로 꽉차 있었다. 나는 비교적 '착실한 전술'을 썼기 때문에 빨리 올라가지도 그렇다고 쉽게 내려가지도 않았지만, 상하이시에서 열리는 바둑대회에서 1등을 했을 때는 확실히 실력이 향상되었음을 느낄 수 있었다.

부모님은 시합을 마치고 대문을 들어서는 나를 보자마자 내가 1등을 했음을 단박에 알아차리셨다. 나는 표현이 풍부한 편이 못됐지만, 비밀이 없는 친구처럼 바둑에 있어서만큼은 모든 감정이 그대로 드러났다.

바둑반의 학생들은 나이가 제각기 달랐지만 바둑을 좋아한다는 것 하나만으로도 쉽게 친해질 수 있었다. 그렇지만 한데 어울려 장난치며 놀다가도 바둑을 둘 때만큼은 정색한 표정으로 인정사정 봐주지 않았다. 양보 같은 것은 절대 있을 수 없었다. 바둑판을 물리고도 그 결과를 놓고 하루종일 옥신각신하는 모습은 바둑반에서 흔히 볼 수 있는 풍경이었다.

2년 후 동생과 나는 요우 선생과 장 선생의 추천으로 시 체육학교 바둑 훈련반에 들어갈 수 있었다. 그곳에는 우리보다 한 등급 위인 양훼이楊暉와 차오따위엔曹大元이 기량을 연마하고 있었다. 여름이면 체육관에 모여서 단체훈련을 했다. 그들을 빨리 따라잡고 싶었던 나는 하루도 거르지 않고 훈련에 참가했다. 점심식사 후 짧게 낮잠을 자는 시간 외에는 오전부터 오후 늦게까지 훈련으로 채워져 있었다.

훈련이 고된 만큼 훈련 끝에 친구들과 모여 노는 재미는 더 달콤했다. 저녁을 먹은 뒤 우리는 학교 옆에 있는 공원 담벼락에 모였다. 담 밑으로 뚫린 구멍을 이용해 입장료를 내지 않고 몰래 들어간 공원에서 해가 지는 줄도 모르고 뛰어놀았다.

시 체육학교에서는 식사는 물론 옷이나 신발도 제공해 주었는데, 학교 로고가 새겨진 옷과 신발을 착용하고 등교할 때면 사람들의 시선을 한 몸에 받았다. 잠깐이지만 우쭐한 기분이 들곤 했다. 그런 물건은 당시 아이들에게는 거의 하늘에서 뚝 떨어진 보물처럼 대단한 것이었다.

그 당시 나는 상당히 좋은 조건에서 바둑을 배웠던 것 같다. 국가의 보조로 아이들은 그저 열심히 바둑을 배우면 됐고, 나이에 구애받지 않고 폭넓게 친구들을 사귈 수도 있었다. 특히 나는 일반학교에서였다면 결코 얻을 수 없었을 소중한 것을 시 체육학교에서 얻었다. 바로 자신감을 회복한 것이다. 바둑에 집중할 수 있는 환경이 아니었다면 나는 아마도 콤플렉스를 떨쳐버리는 데 더 오랜 시간이 걸렸을 것이다.

초등학교 2학년 때부터 두꺼운 안경을 쓰기 시작한 나는 성격까지 약간 외곬이어서, 친구들과 잘 어울리지 못했다. 그러다 보니 학교생활에 자신감이 없었고 늘 열등감에 시달리는 아이였다. 그러나 바둑반에서만큼은 마음이 편했다. 내성적인 한편 흥미가 동하는 것에는 외곬으로 파고드는 내 성격과, 고도의 집중력, 인내, 복잡 오묘한 과정을 거쳐야만 비로소 선명한 승부에 도달할 수 있는 바둑의 세계는 딱 맞아떨어졌던 것이다.

소년체육학교

체육관에서 훈련에 열중하고 있던 내게 소년체육학교 입학 통지서 한 통이 전달됐다. 상하이시 소년체육학교라면 바둑을 배우는 모든 아이들이 들어가고 싶어하는, 꿈의 학교 아닌가. 차오따위엔, 양훼이, 화쉬에밍華學明, 장지엔똥張建東 등 당시 웬만큼 이름이 알려진 소년 바둑기사들은 이미 이 학교에 다니고 있었다.

그런데 막상 겉봉을 뜯어보니 입학 통지서는 내가 아니라 동생 나이지엔 앞으로 온 것이었다. 눈물이 쏙 빠질 만큼 속상했다. 동생에게는 좋은 일이라 내색은 할 수 없었지만, 실력을 쌓아 다음에는 반드시 입학하리라 나 자신과 약속했다.

1977년 10월, 마침내 나도 소년체육학교로부터 입학 통지서를 받게 되었다. 출장중이던 부모님을 대신해 외할아버지가 학교까지 데려다 주셨다. 할아버지는 내게 세숫대야를 사주셨다. 10년은 너

끈히 쓸 수 있는 아주 튼튼한 세숫대야였다. 가족과 떨어져 단체생활을 시작하는 손녀를 염려하는 마음이 몇 마디 말보다 진하게 전해졌다. 그날 나는 소년체육학교 교문 앞에 할아버지와 오랫동안 서 있었다. 왜 그랬는지는 기억나지 않지만, 운동복을 입은 학생들을 황홀하게 바라보면서 흥분과 동경으로 가슴이 벅차오르던 느낌만은 지금도 또렷이 기억하고 있다.

소년체육학교의 원래 명칭은 상하이시 청소년 체육운동학교였지만, 대외적으로는 상하이시 우의중학上海市 友誼中學으로 불렸다. 소년체육학교의 바둑훈련 강도는 반 직업학교에 가까웠다. 그곳은 프로기사를 양성하는 학교로, 일본의 도장道場처럼 프로기사로서 갖추어야 할 역량을 기르는 곳이었다. 말하자면 프로팀에 들어가기 위한 하나의 관문이라고 할 수 있었다. 오전에는 문화수업을 들었고 오후에는 집중적으로 바둑훈련을 받았는데, 마침 시대표팀과 국가대표팀에 새로 바둑반이 생긴 시점이어서 우리는 좀더 체계적인 커리큘럼으로 강도 높은 훈련을 받을 수 있었다. 당연히 실력도 하루가 다르게 상승했다.

내성적인 내 성격에도 큰 변화가 있었으면 좋았겠지만, 나는 여전히 낯을 가렸으며, 조용하고 내성적이었다. 바둑이 나에게 자신감을 준 것과는 상관없이 사람들에게 보여지는 나는 여전히 말수 없는 소극적인 소녀였다. 그런데 아이러니하게도 이런 내가 반장과 학교 방송반으로 활동하게 되었다. 선생님 말을 전하고 노트를 나누어주는 것에 불과했지만, 나에게는 곤혹스런 일에 속했다. 내게는 어울리지 않는 일이라는 생각을 떨쳐버릴 수 없었다.

선생님께서는 나의 어떤 점을 보고 반장과 방송반 일을 맡기신 걸까? 지금도 의아하게 생각되지만, 더 불가사의한 것은 내가 그 일들을 별다른 실수 없이 수행했다는 점이다. 거기다가 내가 수학을 비교적 잘한다는 이유로 담임 선생님은 나를 수학대표로 임명하셨다. 나는 도서를 관리하는 일도 맡아했다. 일의 성격상 사람들과 빈번한 교류가 있어야 했기 때문에 내 성격을 조금이나마 변화시킬 수 있는 좋은 기회라는 생각이 들었다.

바둑팀은 양궁팀과 함께 도서관 옆의 커다란 취침실에서 생활했다. 수십 명의 사람들과 수십 개의 모기장이 뒤섞여 있다 보니 항상 시끌벅적했다. 그런 만큼 재미있는 일도 끊이지 않았다.

따갑게 내리쬐는 한여름 햇살에 지쳐갈 무렵이면 어디선가 항상 이런 소리가 들려왔다.

"아이스케키 먹을 사람?"

그러면 여기저기에서 손이 올라가고, 우리는 수건으로 아이스케키를 단단히 감싸쥐고는 천천히 조금씩 베어먹으며 훈련의 열기를 식혔다. 쌓여 있던 피곤과 짜증도 어느 틈엔가 저만치 물러났다. 무더운 여름날 낮잠 대신 아이스케키를 먹는 맛은 그 시절 무엇과도 비교할 수 없는 큰 즐거움이었다.

소년체육학교는 주말 저녁이면 집으로 돌아갔다가 일요일 저녁까지는 반드시 학교로 돌아와야 하는 규율이 있었다. 나는 가장 친한 친구 까오즈웨이高智蔚와 함께 집으로 향하곤 했다. 그리고 학교로 돌아올 때면 학교에서 좀 떨어져 있는 정류장에서 만나 함께 돌아왔다.

어느 해 봄인가, 이불 호청 때문에 낭패를 본 적이 있었다. 계절이 바뀔 때마다 우리는 이불 때문에 한바탕 전쟁을 치르곤 했다. 너무 어려 그 커다란 이불을 손수 세탁할 수 없었던 우리는 하는 수 없이 덮던 이불을 집으로 가져가고 다시 새 이불을 짊어지고 와야만 했다. 나와 까오즈웨이는 이불을 묶어 등에 지고 집으로 향했다. 그런데 얼마쯤 갔을까, 친구가 갑자기 큰소리로 내 이름을 불렀다. 걸음을 멈추고서 주위를 살펴보니 이불을 지고 가는 게 아니라 질질 끌고 가고 있는 게 아닌가. 세탁을 하더라도 때가 빠질지 의심스러울 정도로 이불이 더러워져 있었다. 여물지 못한 손으로 꾸린 짐이니 오죽 허술했을까. 수습할 길이 없어 쩔쩔맸던 기억은 지금 떠올려봐도 우습기만 하다.

이곳에서 만난 친구들은 모두 나의 소중한 재산이라는 생각이 든다. 그중에서도 양훼이에 대한 감정은 각별했다. 내가 학교에 입학한 지 얼마 되지 않아 양훼이가 하얼빈哈爾濱에서 막 돌아왔다. 전국 청소년바둑대회에 참가하여 1등을 차지한 양훼이에게 시합 얘기를 들으며 마치 내가 직접 시합에 참가한 선수라도 되는 양 흥분했다. 한번도 상하이를 떠난 적이 없던 나와 달리 대외적인 경기 경험이 풍부한 그녀에게는 배울 점이 참으로 많았다.

양훼이는 명랑한 성격에 바둑을 아주 잘 두었고, 시도 쓸 줄 알았을 뿐만 아니라 예쁘기까지 해 사람들로부터 사랑을 한 몸에 받았다. 모든 방면에서 나보다 월등한 그녀는 나의 우상이었다. 1978년 초, 양훼이가 나보다 먼저 국가대표팀에 들어간 후에도 그녀와 나는 수십 통의 편지를 주고받으며 우정을 이어갔다. 가장 열심히 훈련에 임한 화쉬에밍과 머리가 유난히 커 대두 치엔이라 불렸던 치엔위핑錢宇平도 기억에 남는 친구들이다.

소년체육학교에서의 나머지 반년 동안에 여자팀원 수가 점점 줄어들더니 마지막에는 화쉬에밍과 후옌화胡燕華, 션만롱沈曼蓉, 나 이렇게 네 사람만 남게 되었다. 우리는 기숙사 건물로 거처를 옮겨 다른 팀과 함께 한 방에서 생활했다. 수십 명이 한 방에서 시끌벅적하던 이전의 숙소에 비하면 한결 쾌적했지만, 그래도 단체생활이다 보니 물을 길어오는 일이나 샤워 순번을 정하는 소소한 일들에서 다툼이 없을 수 없었다.

당시 화쉬에밍과 나는 별일 아닌 것에도 자주 다투었다. 사실 화쉬에밍은 기꺼이 남을 도와주는 선한 성격이었는데, 바둑에서 나와 라이벌이어선지 바둑 이외의 다른 일들에까지도 그 감정이 이어졌던 것 같다. 한번은 따이칭중戴慶中 선생이 나와 화쉬에밍에게 시합을 하라고 했는데, 나는 나대로 그녀는 그녀대로 각자의 자리로 바둑판을 가져와 앉았다. 그녀도 나에게로 오려 하지 않았고 나도 그녀 쪽으로 가려 하지 않았다. 처음에는 별 생각없이 한 행동이었는데, 서로 고집을 꺾지 않다 보니 나중에는 자존심 싸움으로 번져 내 쪽에서 다가가고 싶어도 갈 수 없는 상황이 돼버리고 말았다. 그녀와 나는 결국 호된 꾸중과 벌을 받아야 했다.

그러나 상하이시 대표팀과 국가대표팀 시절을 함께 보내면서 화쉬에밍과 나는 허물없는 가까운 친구가 되었다. 우리의 단단한 우정은 아마도 어린 시절 장난치고 법석을 떨며 스스럼 없이 지냈기 때문일 것이다.

소년체육학교에서는 아침 6시에 운동장에 모여 달리기와 체조를 해야 했다. 그 시간만 되면 여기저기서 투덜거리는 소리가 들려왔다. 나 역시 투덜대며 운동장을 한 바퀴 돌고 나서야 눈꺼풀에 매달린 잠을 겨우 쫓아버릴 수 있었다. 매일 아침마다 잠과의 전쟁을 치러야 하는 우리는 갖은 꾀를 동원해가며 아침훈련에서 벗어나려고 애썼다. 물론 소용없다는 것도 알고 있었다.

어느 날인가 한번은 따이 선생이 방문을 두드렸는데도 우리가 이불을 뒤집어쓰고 들은 척도 하지 않자 운동장을 네 바퀴 돌라는 벌이 내려졌다. 단단히 화가 난 선생은 운동장을 다 돌기 전에는 훈련도 할 수 없다고 하셨다.

점점 자기주장들이 커지는 사춘기였던 만큼 크고작은 규칙과 선생들의 독려가 때로는 귀찮았다. 그것이 우리의 체력을 길러주기 위한 방법이었다는 건 나중에 좀더 철이 들고 나서야 든 생각이었다. 만약 소년체육학교에서의 좋은 휴식제도와 운동이 없었다면 체력이 약한 나는 더욱 약골이 되어 지금처럼 힘있는 바둑을 두지 못했을 것이다.

바둑을 흔히 정신력의 싸움이라고 말하고 있지만, 정신력 못지않게 중요한 것이 바로 체력이다. 실력이 제아무리 뛰어나도 체력이 뒷받침되지 못하면 그 긴 대국시간을 버텨낼 수 없을 뿐만 아니라 집중력을 발휘할 수 없기 때문이다. 지금도 나는 바둑연습 틈틈이 간단한 운동으로 긴장을 풀고 꾸준히 자전거 타기와 산책, 등산을 통해 체력을 유지하고 있다.

바둑은 인생!

1978년 말, 상하이 바둑협회의 지도자 한 분이 나와 동생, 그리고 화쉬에밍을 찾아왔다. 우리에게 시대표팀 입단을 제의해온 것이다. 부모님은 심사숙고하셨다. 비록 바둑이 국가적인 지원과 보조를 받고 있기는 하지만, 하나의 직업으로 선택하기에는 어쩐지 전망이 밝지 않아보였기 때문이었다. 비교적 좋은 환경과 조건에서 생활할 수 있는 지금의 프로기사들과는 많은 차이가 있었다. 부모님은 바둑이 앞으로도 사회적인 후원을 받을지 확신할 수 없는 상황에서 한 집에 프로기사가 두 명씩이나 있는 것은 결코 현명한 일이 아니라고 판단하셨다.

동생의 진로는 어느 정도 정해진 상태였다. 이미 고등학교에 합격했기 때문이었다. 무뚝뚝하게 보여지는 나와 달리 나이지엔은 성격이 온화하고 귀여워서 이웃이나 친구들 모두 그를 좋아했다. 나이지엔은 부모님의 바람대로 열심히 공부하여 아버지의 모교인 자오퉁交通 대학에 들어갔다. 비록 바둑과 상관없는 삶을 살아가고 있지만 시간이 나면 종종 바둑을 둔다고 한다. 만약 나이지엔이 바둑을 그만두지 않았더라면, 그는 분명 훌륭한 프로 바둑기사가 되었을 것이다.

당시 중국은 대학입시가 부활됨에 따라 대학 진학이 사회적인 이슈로 떠올랐다. 부모님은 내심 나도 동생처럼 대학에 진학하길 바라고 계셨다. 동생과 나는 어릴 때부터 손을 꼭 잡고 다닐 만큼 우애가 남달랐다. 간혹 친구들의 놀림거리가 되기도 했지만 누나인 나보다 의젓할 때가 많은 동생이 언제나 든든했다. 좋은 바둑친구이기도 한 동생과 앞으로 함께 바둑을 둘 수 없다고 생각하니 서운함이 밀려왔다. '그러면 나도 바둑을 그만두고 대학에 진학할까?' 훈련 틈틈이 참고서를 보며 공부했던 걸 보면 대학에 진학하고 싶은 마음이 아주 없었던 것도 아니었다.

계속해서 바둑을 둘 것인지 아니면 열심히 공부해서 대학에 갈 것인지 쉽게 결정을 내리지 못하고 있는 상황에서 바둑협회 지도자의 제의는 나를 갈림길에 세웠다. 지금까지는 당장 한 치 앞의 목표에 급급해 앞만 보고 달려왔다면, 이제는 앞으로의 내 인생의 모습을 멀리 내다보고 준비해야 하는 시점에 이른 것이다. 이번 선택에 따라 내 미래는 얼마든지 달라질 수 있다.

중요한 결정을 앞두고 나는 진지하게 묻고 치열하게 고민하지 않을 수 없었다. 내게 바둑은 어떤 의미인가? 과연 나는 정말로 바둑을 좋아하는가? 그저 소년체육학교의 환경을 좋아했던 것은 아니었을까? 바둑을 두지 않는다면 나는 대체 무얼 할 수 있을까?

시대표팀에 들어가지 않는다면 소년체육학교 졸업 후 대학입시를 대비해 원래 다니던 학교로 돌아가야 하는 사실도 내 결정에 얼마간 영향을 미쳤다. 솔직히 말하면 나는 학교를 좋아하지도 않았으며 심지어 두렵기까지 했다. 그러나 그 이유 때문에 바둑을 계속해야겠다고 생각한 건 아니었을 것이다. 그렇다면 세계적인 선수가 되어 이름을 높이겠다는 구체적이고도 큰 포부가 있었던 걸까?

곰곰이 생각해보니 내가 할 줄 아는 것이라고는 바둑뿐이었으며, 잘할 수 있는 것 또한 바둑뿐이었다. 그렇지만 할 줄 알고, 잘할 수 있다는 것이 바둑을 계속해야 하는 확고한 이유가 될 수 있을까? 물음이 꼬리에 꼬리를 물고 나를 괴롭혔다. 먹구름이 머리 위를 누르는 듯 답답하기만 했다. 그런데 어느 순간 갑자기 머릿속이 맑아졌다. 내가 바둑을 계속하는 데 무슨 이유가 필요해, 라는 생각이 들자 이제까지의 고민이 눈 녹듯 사라졌다. 한땀 한땀 수를 놓듯 바둑판을 바둑돌로 채워갈 때면, 바둑을 두고 왜 천하일색 양귀비의 치마 잡아당기기보다 즐겁다고 했는지 알 수 있었다. 무엇보다 바둑을 두는 순간에 나는 내가 살아 있음을 느낄 수 있었다. 그거면 된 거 아닌가? 바둑과 나는 이미 뗄래야 뗄 수 없는 한 몸인데 왜 억지로 바둑과 떼어놓고 내 미래를 생각하는 거지? 나는 마음을 굳혔다.

나는 고집이 센 편이어서 하고 싶은 것이 있으면 반드시 해야 직성이 풀렸다. 부모님은 시대표팀행에 결국 동의하셨다. 그러나 거기엔 2년 안에 전국대회에 참가해 좋은 성적을 내지 못하게 되면 그때는 바둑을 포기하고 돌아와 대학입시를 준비해야 한다는 조건이 붙어 있었다. 좀 가혹한 조건이었다. 바둑의 기초가 튼튼한 상하이인지라 전국대회에서의 성적은 차치하고라도 대표선수가 되기 위해 팀 내에서 벌여야 할 치열한 경쟁이 눈에 훤히 보였다. 그러나 나에게는 그 무엇보다 대표팀에 들어가는 것이 급선무였다. 미리부터 걱정하여 대표팀 입단을 포기하는 건 어리석은 행동이라는 생각이 들었다.

1978년 12월 말, 나와 차오따위엔, 치엔위핑, 화쉬에밍은 상하이 바둑협회에 등록했다. 양훼이는 이미 국가대표팀 소속이었다. 시대표팀은 듣던 대로 정말 바둑만을 위한 곳이었다. 학과수업도 없이 하루종일 바둑훈련만 했다. 그러나 나는 낮시간을 쪼개 공부를 했다. 학력이 크게 중요하다고는 생각하지 않았지만, 중학교 1학년에 소년체육학교에 입학하는 바람에 중학교도 졸업하지 못했다는 자격지심에 시달리고 싶지 않았기 때문이다. 다행히 소년체육학교 이수는 실업고등학교 졸업으로 인정되었다.

시대표팀은 선수들에게 보조금을 지급했다. 비록 10위안 남짓이었지만 당시로서는 적지 않은 돈이었고 식대, 옷, 기숙사비 모두 국가에서 책임졌다. 시대표팀의 지원은 비교적 만족스러웠지만 기숙사 조건만은 좋지 않았다. 황푸루黃陂路 304번지는 전에 역도팀의 훈련 장소였는데 얇은 합판을 이용해 방을 여러 개로 나눈 기숙사로 개조했다. 비좁고 어두운 데다 창문까지 높이 달려 있어 낮에도 등을 켜야 했다. 그러나 우리만 어려움을 겪은 건 아니었다. 당시 체스 챔피언으로 이름을 날리고 있던 후룽화胡榮華 선생 가족 역시 우리 숙소 옆의 작은 집에서 살았던 것으로 보아 어려움은 모두의 보편적인 풍경이었다.

시대표팀의 훈련은 아침부터 저녁까지 빈틈없이 짜여 있었다. 주위의 선배와 선생님들 역시 항상 우리에게 복기를 시켰다. 때마침 국가대표팀에 있던 상하이의 기사 양훼이, 왕췬王群이 모두 돌아왔다. 국가대표팀이 조정을 위해 우선 모든 선수들을 각각의 출신 지역으로 돌려보낸 뒤 다시 선수를 뽑았기 때문이었다. 실력 있는 기사들이 다시 돌아오자 시대표팀은 갑자기 활기를 띠기 시작했다. 심기일전한 우리는 리그전을 만들어 시합을 가졌다. 새로운 생각과 기술을 익혀온 그들에게서 많은 것을 얻을 수 있었다. 한번은 내가 뜻밖에도 양이룬 선생을 이기는 일까지 생겼다.

팀원들 모두 다양한 기보들을 보며 연구에 박차를 가했다. 내가 익혔던 첫번째 기보는 바로 후지사와 슈코(藤澤秀行, 1925년에 태어나 15세에 입단한 후 명인전을 비롯한 수많은 대회에서 우승을 거두었다. 특히 1991년 66세의 나이에 병고의 몸으로 39기 왕좌전을 제패하는 전인미답의 기록을 세웠다. 거리낌 없는 화려한 기풍의 바둑이며, 호탕하고 소탈한 풍모로 유명하다—편주) 선생의 〈화려華麗〉였다. 볼수록 새로운 이 기보는 두고두고 내게 영향을 미쳤다. 선생의 진면목은 훗날 내가 일본에서 선생의 합숙에 참가했을 때 확인할 수 있었다.

1979년 여름, 나는 상하이 대표로는 처음으로 선양沈陽에서 열린 전국 청소년바둑대회에 참가했다. 화쉬에밍과의 세 차례 선발전을 거쳐 내가 대표선수 자격을 따낸 것이다. 나도 믿기지 않았다.

당시 양훼이와 마야란의 성적이 모두 나보다 좋아서 일찌감치 마음을 비우고 시합에 임했는데 그것이 오히려 도움이 되었던 것 같다.

화쉬에밍과의 시합은 치열했다. 나는 처음 판에 이기고 두번째는 졌다가 다시 마지막 판에서 이겼다. 사실 그 판에서 나는 줄곧 불리한 상황이었는데 어떻게 이겼는지 모르겠다. '바둑은 기칠운삼'이라는 말이 있다. 아마도 3퍼센트의 운이 내 편을 들어줬던 같다. 시합 후 풀죽은 화쉬에밍을 보니 슬며시 미안한 마음이 들었다. 그러나 그녀는 곧 의연함을 되찾았을 뿐만 아니라 훗날 다른 팀으로 옮긴 후 결국 전국대회에 참가하는 저력을 발휘했다.

상하이를 대표해서 양훼이와 함께 출전한 전국 청소년바둑대회에서 나는 랭킹 2위에 올랐다. 기쁜 것은 물론이고, 앞으로 좀더 좋은 기회를 만들어주는 발판이 된다는 의미에서 내가 이 대회에서 거둔 성적은 아주 중요했다. 아무리 작은 시합이라 하더라도 내게는 시합 하나하나가 더 넓은 세계로 나아갈 수 있는 디딤돌인 것이다. 아울러 부모님과의 약속을 지키게 되어 무엇보다 기뻤다. 다시 학교로 돌아가지 않고 계속 바둑과 함께할 수 있는 것이다.

이듬해인 1980년 4월, 나와 양훼이는 다시 상하이 대표로 안후이성安徽省 툰씨屯溪에서 열린 전국 바둑단체전에 참가했다. 조별 시합 때 나는 콩샹밍孔祥明과 겨뤄 승리했다. 그것은 커다란 도약이었다. 이를 계기로 전국 개인전 참가자격을 얻었고, 그해 가을 쓰촨四川의 뤄산樂山에서 열린 전국 개인전에서 4등을 하여 우승을 한 양훼이와 함께 국가대표팀으로 갈 수 있었으니 말이다.

바둑을 두는 모든 사람이 선망하고, 고수들만 모여 있다는 그 국가대표팀에 드디어 내가 들어가게 되었구나! 벅찬 기대로 가슴이 설레기 시작했다. 이제 또다른 삶이 새롭게 시작되는 것이다. 새로운 환경에 다시 적응해야 할 것을 생각하니 한편으론 걱정도 됐지만, 전국 바둑단체전 시합기간 내내 함께 식사를 하며 복기와 한담으로 우리를 격려해주시던 천쭈더陳祖德 선생을 떠올리자 두려움이 어느 정도 가셨다. 그래, 국가대표팀에는 내가 평소에 존경하던 선생이 계시지 않은가. 선생에게 바둑을 배우는 광경을 그려보는 것만으로도 충분히 행복했다.

베이징에는 국가대표팀이 있다

　1980년 10월 4일, 나는 국가대표팀이 있는 베이징北京행 기차에 올랐다. 꿈에 그리던 곳, 베이징에 도착하니 먼저 대표팀에 합류한 양훼이가 마중을 나와 있었다. 나와 양훼이, 진씨치엔金茜倩은 국가체육위원회 훈련소건물 515호에서 함께 생활하게 되었다. 같은 층에는 여자 배구팀과 여자 농구팀이 묵고 있었다. 이제 막 입단한 신참인 나는 모든 것이 낯설고 서먹서먹했다. 룸메이트 외의 사람들에게 말을 붙이는 건 엄두도 내지 못했다. 낯가림을 하는 내성적인 성격으로 인해 그들과 친해지기까지는 시간이 걸렸다.

　역시 가족과 떨어져봐야 가족의 소중함을 알게 되는 것일까? 국가대표팀에 들어간 첫해에는 집 생각이 간절해 꿈속에서 늘 식사준비를 하고 있는 엄마의 모습이 보였다. 다행히 신화사(新華社, 중국 내의 언론매체와 외국 언론사들에게 국내외 정보를 제공하는 국가 통

신기관—편주)에서 일하고 있는 루이완루芮苑如 고모가 가까운 곳에서 살고 계셨다. 일요일이면 고모 집에서 세 명의 사촌언니들과 놀았는데 그들은 나를 '넷째'라고 부르며 딸처럼, 친동생처럼 따뜻하게 대해주었다. 그들이 아니었으면 낯선 베이징에서의 내 생활이 얼마나 외롭고 삭막했을까.

시간이 지나면서 차츰 객지생활에 익숙해졌고 또래의 젊은이들과 함께 훈련하고 노는 즐거움도 새록새록 느낄 수 있었다. 1983년 말, 대표팀이 새로운 팀원을 보강하면서 작은 변화가 있었다. 나는 장쉬엔張璇과 니우리리牛力力와 함께 한 방에서 생활하게 되었다. 나보다 두 살이 많은 리리와는 지금까지도 만날 때마다 대화가 끊일 줄 모르는 친한 친구로 지내고 있다.

우리는 주로 실전처럼 조를 나누어 리그전을 벌이는 방식으로 훈련했다. 조의 등급이 올라갈수록 훨씬 강도 높은 연습을 할 수 있었기 때문에 모두들 실전처럼 진지하고 적극적인 자세로 훈련에 임했다. 강행군의 연속이었지만 나 역시 성적을 올려 A조에 들어가기 위해 훈련에 매진했다. 최강의 기수는 모두 A조에 속해 있었기 때문이었다. 때로는 조별 연습을 하기도 했다. 주로 네웨이핑聶偉平 선생이 한 조를 이끌고, 화이강華以剛 선생이 한 조를 이끌어서 조별로 연구하고 토론을 벌였다. 거기서는 주로 기보를 공부했다. 바둑기사에게는 기보를 보고 공부하는 것 또한 실전 못지않게 중요한 일인데, 국가대표팀은 기보를 보다 심도 있게 공부할 수 있는 학습 환경을 제공해주었다.

대표팀 선수들의 실력은 모두 나무랄 데 없이 월등했다. 나는 그들과 함께 밥 먹고, 잠자고, 훈련받고, 바둑에 대해 수시로 얘기를 나누며 긴장의 끈을 조였다. 의식하지 못하는 사이 내 실력은 발전하고 있었다.

양훼이나 차오따위엔, 왕췬, 샤오전중邵震中, 치엔위핑과 같이 실력이 상당한 기사들과 바둑을 둘 때면 한 수 배우는 낮은 자세로 그들의 바둑을 충실하게 익혀나갔다. 나중에 전국대회가 점차 많아지고 새로운 대회들과 국수전 등이 생겨나면서 나 또한 차츰 많은 경험을 쌓아갈 수 있었다. 1983년 처음으로 국수전에 참가해 화이강 선생을 이겼을 때는 정말이지 뛸 듯이 기뻤다. 비록 전국대회 개인전에서는 좋은 성적을 거두지 못했지만, 단체전에서 나와 양훼이는 거의 매년 1등을 차지하다시피 했다.

시합 때면 나는 언제나 많은 에피소드를 만들어냈다. 1985년, 산시山西의 따통大同에서 열린 승단시합 때의 일이다. 시합장소는 시내에서 좀 떨어진 곳에 있는 항공학교였다. 대도시에서 나고 자라서 자연과 가까이할 기회가 별로 없었던 내게 시골 풍경은 한폭 한폭이 신기하게 다가왔다.

나는 틈틈이 초원을 거닐며 심리적인 안정을 얻었다. 초원에는 양떼가 한가로이 풀을 뜯고, 파란 하늘에는 흰 구름이 흘러가고, 노을은 내 뺨을 붉게 물들였다. 풍경화에서나 볼 법한 아름다운 자연을 직접 목도하자 꽉 막혀 있던 무언가가 확 뚫리는 느낌이 들면서 공상 속으로 빠져들었다. 하지만 지나치면 모자람만 못하다고 했던가. 이 옛말은 그때의 나를 두고 하는 말인 것 같았다. 시골 풍경에 취해 긴장이 풀린 나는 덕분에 두고두고 잊을 수 없는 추억 하나를 만들고 말았다.

그곳 초원에는 다양한 종류의 버섯이 자라고 있었다. 초원을 거닐던 팡티엔펑方天豐과 나는 갑자기 그 버섯들이 먹을 수 있는 것들인지 궁금해졌다. 우리는 마침 근처를 지나던 그 지역 주민에게 먹어도 되는 버섯인지 물었다. 그는 다소 퉁명스럽게 대답했다.

"그 버섯에 어떻게 독이 있을 수 있겠소?"

그 말을 들은 우리는 그 길로 종류 불문하고 손에 잡히는 대로 버섯을 캐서 숙소로 가져왔다. 그러고는 친구들을 한자리에 불러모아 즐거운 저녁식사 자리를 마련했다. 라면을 이용해서 만든 버섯요리는 기가 막히게 맛있었다. 모두들 맛있게 먹는 모습을 보니 흐뭇했다. 나와 팡티엔펑, 라오꾸이용廖桂永은 국물 한 방울까지 남기지 않고 마셨다. 배가 불러오자 오랜만에 평온한 마음이 되어 초원으로 달구경을 나갔다. 그런데 일찍 잠자리에 들었던 팡티엔펑이 갑자기 오한이 난다며 온 몸을 떨기 시작했다. 부축을 받으며 의무실로 간 팡티엔펑은 계속 몸을 부들부들 떨며 식은땀을 비 오듯이 흘렸다. 이어서 라오꾸이용이 복통을 일으켰다.

일이 이렇게 되자 나는 놀라 기절할 것 같았다. 재빨리 버섯을 먹은 사람들을 일일이 찾아다니며 물어봤다. 다른 사람들은 모두 아무 일 없다고 했다. 그제야 나는 안심이 되었다. 그러나 그들을 찾아다니는 동안 내 시야가 흐려지기 시작하는 걸 느꼈다. 눈 앞의 사람들이 하나의 점으로 바뀌더니 금방이라도 토할 듯 속이 메스꺼웠다. 당황한 의사들이 우리를 자전거에 태워 시내로 데려가 지사제를 먹이는 등 한 차례 소동을 치렀다. 의사들이 수시로 병의 진행을 체크하는 바람에 우리는 잠잘 생각을 아예 접었다. 되도록 아픈 내색을 하지 않으려고 애쓰며 다른 사람들과 어울려 달구경을 나갔지만, 나는 당장 내일 있을 시합 걱정에 속이 바짝바짝 타들어갔다.

그날 밤에 본 달은 내가 지금까지 봐왔던 달보다 몇 배는 더 커보였다. 아마도 동공이 확대되었기 때문이 아닌가 생각됐다. 달뿐만 아니라 모든 것이 평소보다 크고 흐릿한 덩어리로 보였다. 재미있는 건 세 사람의 병세가 모두 제각각이었다는 점이다.

다음날 시합에서 나는 완전히 참패했다. 위치를 잘못 잡아 삐뚤삐뚤 돌을 놓는 어이없는 실수를 하고 만 것이다. 라오꾸이용도 졌다고 했다. 시합이 끝난 후에 각 팀은 투표로 '정신문명상'을 수여했는데 대부분 내가 선정되었었고 이번에도 예외가 아니었다. 그러자 조직위원회의 한 사람이 이의를 제기하고 나섰다.

"부주의한 행동으로 자신뿐만 아니라 팀에게까지 피해를 준 사람이 어떻게 '정신문명상'을 받을 수 있단 말입니까?"

쐐기처럼 날아온 한마디에 정신이 번쩍 들었다. 내가 얼마나 해이해졌는지, 그래서 얼마나 어이없는 행동을 했는지 스스로도 기가 막혔다. 다음날 시합이 있으니 당연히 기력을 키우고 마음을 가다듬었어야 했는데 어쩌자고 나는 엉뚱한 일을 벌였던 것일까. 다시는 이런 실수를 반복하지 않으리라 거듭 다짐했다. 그러나 나 스스로도 미처 알지 못했던 엉뚱하고도 저돌적인 면은 종종 나와 주위 사람들을 놀래키곤 했다.

남자기사들은 때로 여자 배구팀의 훈련이 끝난 체육관에서 축구를 하곤 했는데, 한번은 사람이 부족해서 내가 골키퍼를 맡게 되었다. 넓이가 두 아름이나 되는 골문을 지키던 나는 뜻밖에 몇 번의 슈팅을 막아냈다. 후반전엔 포워드를 맡아 드리블을 하며 상대편 진영으로 돌진해 나가기도 했다. 모두들 멈추어 서서 바라만 볼 뿐 아무도 가로막는 사람이 없었다. 골키퍼와 일대일이 되었을 때 내가 거짓 모션까지 취하며 골문을 흔들기도 해 사람들을 놀라게 했다. 물론 가장 많이 놀란 건 바로 나 자신이었다.

합숙훈련 때도 나의 활약(?)은 계속됐다. 더위에 지쳐 더이상 능률을 기대할 수 없는 여름이면 우리들은 휴식 겸 재정비를 위해 친황다오秦皇島로 합숙훈련을 떠나곤 했다. 중일 슈퍼대항전 후 친황다오에 갔을 때 나는 다이빙에 재미를 붙였다. 구명대를 착용하긴 했지만 겁도 없이 바닷속으로 몸을 던지는 나를 보며 친구들은 불안해했다. 물론 수영은 전혀 할 줄 몰랐다.

다시 친황다오로 떠날 준비를 할 때였다. 위빈兪斌이 장원뚱張文東과 자전거를 타고 가기로 했다며 내게 자전거를 빌려달라고 했다. 사실 내 자전거는 구입한 이후 거의 공동의 자전거가 되다시피 했다. 자전거를 타고 싶어도 어디 있는지 모를 때가 태반이었고 자전거 바퀴는 언제나 바람이 빠져 있어 쭈글쭈글했으며, 벨 소리는 들어본 지 이미 오래고, 여기저기서 온통 삐걱거리는 소리가 났다. 그래도 괜찮다며 자전거를 빌려간 위빈이 무사히 친황다오에 도착했다. 많이 힘들어보였지만 별다른 내색을 하지 않았던 그가 훈련을 마치고 돌아가는 날 드디어 입을 열었다.

"때려죽인다 해도 이 고물 자전거를 타고는 돌아가지 못하겠어."

자전거에 대한 추억은 때로 고향 생각을 불러일으킨다.

그렇게 되자 장원뚱 또한 주저하며 결정을 내리지 못했다. 만약 누군가 그와 함께 자전거를 타고 돌아가겠다고 한다면 그도 다시 한번 바보짓을 하겠지만 혼자서는 아무래도 무리였을 것이다.

"그럼 내가 타고 갈게."

내가 불쑥 끼여들었다. 놀란 눈으로 나를 바라보던 장원뚱의 얼굴에 언뜻 실망의 기색이 비쳤다. 사실은 그도 자전거를 타고 싶지 않았던 것이다. 결국 장원뚱이 자전거를 타고 가지 않겠다고 하는 바람에 길을 모르는 나는 량웨이탕과 함께 대표의 동의를 얻어 출발할 수 있었다. 무모하다 싶은 그 용기는 도대체 어디서 나온 것일까. 자극적인 일을 통해 뭔가 풀리지 않는 당시의 답답한 마음을 발산하고 싶었던 것이었을까.

하여튼 나는 페달을 밟기 시작했다. 첫날은 그런대로 재미있었다. 그러나 이튿날이 되자 머리가 어질어질한 게 심상치 않았다. 종종 가로수를 들이받기도 했고 그늘진 곳을 찾아다니느라 속도가 붙지 않았으며 심지어 거꾸로 가기도 했다. 드디어 셋쨋날, 내가 지금 무슨 일을 하고 있는지 알아차리지 못할 정도로 완전히 힘이 빠져 기계적으로 페달을 밟았다. 빨리 숙소에 도착하고 싶은 생각뿐이었다. 음식을 삼키지 못하고 그저 찬 음료수만 미친 듯이 마셔댈 정도로 지쳐 있었다. 한밤중이 되어서야 간신히 숙소에 도착했는데 자전거 뒤에 묶어놓은 짐조차 풀 수 없을 정도로 손이 부어 있었다. 한번도 한 시간 이상 계속해서 자전거를 타본 적이 없던 내가 꼬박 3일 동안 자전거 페달을 밟은 것이다. 온몸이 쑤시고 안 아픈 곳이 없었다. 그런데 이상하게도 기분만은 날아갈 듯 상쾌했다.

몇 년이 지난 후 일본에서 바둑을 두지 못하고 있을 때 나는 종종 이 일을 떠올리며 힘을 얻곤 했다. 무모한 열정이 때로는 인간을 단련시키기도 한다는 걸 그때 알았다. 나의 이런 성격은 실제 생활에서보다 바둑에서 그대로 드러났다

⚫**만년 2등**을 벗어던지다

1982년에서 1985년까지 4년 동안 전국 개인전 우승은 계속 바뀌었지만 준우승은 항상 나였기에 모두들 나를 '만년2등'이라고 불렀다. 단체전에서는 우승을 놓친 적이 없으면서도 왜 개인전에서만은 번번이 2등에서 멈추는지 답답하기만 했다. 이러다가 평생 우승을 해보지 못하는 게 아닌가 하는 불길한 생각마저 들었다.

처음 바둑을 시작해서 국가대표팀에 들어오기까지 비교적 순조로운 항해였다고 말할 수 있다. 순풍은 계속 불었고, 차근차근 단계를 밟아왔다. 물론 위기는 순간순간 있었지만 지금처럼 내 앞을 가로막고 서서 진퇴양난에 빠트린 적은 없었다.

전국대회 단체전 성적말고 개인 성적을 놓고 보자면 내 실력은 아주 조금씩 향상되었다고밖에 말할 수 없었다. 1980년에는 4등. 1981년에는 바둑이 많이 늘었다고 생각했음에도 3등밖에 할 수 없었고, 1982년에 2등에 오르고부터는 계속해서 2등에만 머물렀다.

　1984년에도 좋은 기회가 있었다. 결승에 오른 나는 리양李楊과의 시합만을 남겨두고 있었다. 통산 전적에서 내가 리양보다 압도적으로 우위에 있었기 때문에 내심 우승은 문제없을 거라고 자신하고 있었다. 친구들조차 이번 시합은 당연히 내가 이길 것이라고 예상해 일찌감치 자리를 털고 일어섰을 정도였다. 그런데 예상은 보기 좋게 빗나가고 말았다. 다시 시합장으로 돌아온 친구들조차 내가 졌다는 소식을 접하게 될 줄은 꿈에도 몰랐을 것이다. 바꿔 말하면 그만큼 내가 우승을 할 수 있는 절호의 기회였다는 뜻이다. 골문 앞, 골키퍼와 일대일 상황에서 결정적인 실수로 골인의 기회를 놓치는 축구선수의 심정이 이와 같을까. 패배의 원인은 물론 기술적으로나 심리적으로 성숙하지 못한 내게 있었지만, 우승이 달아나는 순간을 바로 코 앞에서 눈 뜨고 지켜보기란 무척이나 고통스러운 일이었다. 이듬해인 1985년에도 나는 마지막 결승시합에서 무너지고 말았다.

　사실 동생과 함께 바둑반에 다닐 때부터 내 바둑은 기복이 없는 편이었다. 단번에 좋은 성적을 올리는 친구들을 보거나 한꺼번에 실력이 늘지 않는 자신을 볼 때면 답답한 생각도 들지만, 한편으론 외적인 조건에 쉽게 흔들려 컨디션 조절에 실패하거나 슬럼프에 오랫동안 빠지는 일이 드물다는 장점이 되어주기도 했다. 물론 기복이 없다는 것과 실력이 향상되지 않는 건 별개의 문제다. 그러나 이것저것 따져보다 보니 혹시 이런 내 바둑 스타일에 문제가 있는 건 아닐까, 등등 벼라별 생각이 다 들었다. 우승할 수 있는 절호의 기회를 맥없이 놓치고 또다시 2등에 머물자 나는 의기소침해져 자책하지 않을 수 없었다. 나중에 나는 리양에게 말했다.

"중요한 경기에서는 지고, 시시한 경기만 이겨서 정말로 맥빠져."

나와 양훼이의 수준은 갈수록 벌어졌고, 나중엔 아예 따라잡을 가능성조차 없어보였다. 나는 조급해질 수밖에 없었다. 당시 화이강 선생과 룽지엔싱容堅行 선생은 조급해하면 할수록 일을 그르치게 된다고 충고해주셨다. 그 말로 당장 평정을 되찾을 수 있는 건 아니었지만 화이강 선생의 한마디는 깊이 각인되었다.

"만약 네가 만년 2등이라면 그것이 바로 너의 실력인 거다. 더 노력해야만 2등의 모자를 벗어던질 수 있지."

1986년 개인전이 임박했을 때 난 지난해와는 달리 초조하지 않았다. 제2회 중일 슈퍼대항전이라는 큰 시합을 한 차례 겪고 난 다음이어서였는지도 모르겠다. 그 시합에서 나는 이마무라에게 졌다. 억울하게 져야 바둑이 는다는 말이 있지만, 그 시합은 내가 바둑을 둔 이래 두고두고 기억에 남을 만큼 나를 괴롭힌 시합이었다. 그러나 실패와 반성을 거쳐 다시 개인전에 임했을 때 나는 평상심을 되찾았다. 꿈에 그리던 개인전에서의 우승은 물론 기쁘고 대단한 일이지만 우승하지 못한다 해도 상관없다는 생각이 들었다. 처음부터 다시 시작하는 기분으로 최선을 다하기로 했다. 많은 사람들의 관심을 불러모았던 이마무라와의 시합에서 졌던 게 오히려 마음의 평정을 얻는 데 도움이 되었다.

개인전이 치러지는 동안 비교적 가벼운 마음으로 대국에 임할 수 있었다. 평소의 훈련시합처럼 진지하게 임하되 승부에 대해서는 욕심내지 않았다. 시합은 의외로 순조로웠고 총 열두 번의 시합 중 아홉번째 시합에서 이기자 모두들 나의 우승을 확신했다. 12판 전 승이었다. 어떤 일이건 그것을 얻을 생각만 할 때는 더욱 멀어지지만, 별거 아니라고 생각하는 순간 오히려 나에게 다가오는 것 같다.

열번째 시합에서 이기면서 드디어 우승이 확정되었다. 다년간 품어온 희망이 이루어지는 순간이었다. 제일 먼저 부모님의 얼굴이 떠올랐다. 나는 가족들에게 우승 소식을 전하기 위해 멀리 떨어져 있는 전화국으로 한달음에 달려갔다. 몇 번의 시도 끝에 드디어 우승의 높은 벽을 넘은 것이다. 그후로 나는 1986년에서 1989년까지 연속해서 개인전 우승의 자리를 놓치지 않았다.

그중에서 특히 1989년, 내가 마지막으로 참가한 전국대회 개인 전은 나에게 많은 걸 생각하게 해주는 시합이었다. 그 당시 국가대 표팀에서 나와 상하이에 돌아와 있던 나는 더 이상 개인전에 참가 하고 싶은 마음이 들지 않았다. 여러 차례의 우승으로 별다른 감흥 이 일지 않기도 했지만, 솔직히 얘기하면 은근히 겁이 났던 것이다. 상하이로 돌아온 후 체계적인 훈련을 받지 못한 것도 불안했고, 그로 인해서 계속 우승을 하던 내가 대회에서 지게 되면 사람들에게 어떤 말을 들을지도 신경이 쓰였다. 그런데 엄마의 한마디는 내 생각이 얼마나 어리석었는지 깨닫게 해주었다.

"너 남자기사들과 함께 국제경기에서 경쟁하고 싶다고 하지 않았니? 그런데 개인전에도 감히 참가하지 못하는 네가 국제경기에 참가해서 뭘 할 수 있겠니?"

'그래, 뭐가 겁나? 기껏해야 시합에 지는 거지. 지면 다시 하면 되잖아!' 나는 상하이팀 지도자를 찾아갔다.

"저도 개인전에 참가하겠습니다."

일단 시합에 들어가자 이상하게도 지는 것에 대한 두려움이 사라졌다. 오로지 잘 두어야겠다는 생각, 더 많이 배워야겠다는 생각만으로 시합에 참가하였는데 우승까지 차지하게 되었다.

1986년에 처음으로 개인전에서 우승을 하기까지 위기에 몰려 극단적인 생각으로 치달았을 때 내가 포기하지 않고 끝까지 버틸 수 있었던 데에는 그 시절 읽은 책의 도움도 크게 작용했다.

나는 책읽기도 좋아해 연습 틈틈이 독서삼매에 빠져들었다. 바둑책은 물론이고 이외의 책들도 다양하게 섭렵했는데 평생 잊을 수 없는 책을 발견했다. 바로 로망 롤랑의 『장 크리스토프』. 감수성이 예민했던 때이기도 했지만, 모두 열 권으로 이루어진 대하소설을 찬찬히 읽어 내려가면서 고난과 역경을 헤쳐나가는 주인공의 불굴의 의지에 나도 모르게 빨려들어갔다. 베토벤을 모델로 해서 쓴 소설이어서일까? 만년 2등의 위치에서 번번이 좌절할 때마다 나는 이 책에서 큰 위안을 얻곤 했다.

잊을 수 없는 시합

　대표팀에서 선수생활을 하는 동안 기억에 남는 경기를 꼽으라면 단연 중일 슈퍼대항전과 중일 바둑대항전을 꼽고 싶다. 중일 슈퍼대항전은 내가 처음으로 많은 사람들의 주목을 받을 수 있었던 경기고, 중일 바둑대항전은 시합기간에 중에 일어난 일로 인해 내 바둑인생에 전환점을 맞이한 경기였다.

　제1회 중일 슈퍼대항전은 1984년 《신체육》의 편집장 허커창郝克强 선생의 주선으로 일본 NEC의 협찬을 받으며 개막되었다. 슈퍼대항전의 출현은 중국과 일본 바둑계의 지대한 관심을 불러일으켰다. 더욱이 제1회 슈퍼대항전에서 네웨이핑이 3연승을, 장주주가 5연승을 올리며 승리하자 전국에서 바둑 열풍이 일어났다. 나 또한 같은 중국기사로서 아주 자랑스러웠고 흥분되었다. 중국은 바둑 종주국이자 꽤 많은 중국인들이 바둑을 즐기고 있었지만 모든 국민이 이렇게 열광적으로 바둑에 관심을 갖기 시작한 건 처음이었다.

그러나 여자기사인 나로서는 남자부와 여자부가 나뉘어 있지 않다는 것이 가장 큰 아쉬움이었다. 그러다 보니 자연히 체력적으로나 실력면에서 아무래도 다소 뛰어난 남자기사들 위주로 선수단이 짜여질 수밖에 없었다. 이렇게 된 데에는 중일 바둑대항전의 영향이 있었다.

중국과 일본은 중일 슈퍼대항전 이전부터도 중일 바둑대항전을 통해 바둑을 교류하고 있었다. 나도 1982년 중일 바둑대항전에 참가해 처음으로 일본 프로기사와 대국을 한 적이 있었다. 1982년 후 창룽胡昌榮을 단장으로 해서 중일 바둑대항전 선발팀이 짜여졌다. 남자선수들로는 네웨이핑, 마샤오춘, 장밍주江鳴久, 장주주, 양진화楊晋華 등이 있었고, 나는 겨우내 선발전을 치른 끝에 여자대표로서 참가자격을 따냈다.

1982년 일본에서 나는 일곱 번 바둑을 두어 모두 승리했다. 네 번은 프로기사와의 시합이었으며 나머지 세 번은 아마추어 강자와의 시합이었다. 그 대회는 당시 친선 차원에서 열렸기 때문에 일본팀 출전기사 중에는 여자기사와 아마추어 기사도 섞여 있었다. 나는 구스노키南光子, 시라토리白鳥澄子 등 세 명의 일본 여자기사와 바둑을 두었고 남자기사 츠지土井城 5단과도 두었다. 생소한 일본의 규칙으로 다소 어려운 경기였지만 나는 반 집 차로 승리했다. 그 시합에서 중국팀의 성적은 아주 좋았고 장주주 역시 전승했다.

그런데 1983년부터 갑자기 중국의 여자기사들이 시합에 출전할 기회가 막히고 말았다. 여기에는 중일 양국간의 미묘한 신경전이 작용하고 있었다. 1982년의 대항전에서 중국팀의 성적이 너무 좋았던 것이다. 1983년에 중국에서 가진 대회에서 일본은 여자기사와 아마추어 선수를 배치하지 않고 이시다 요시오石田芳夫 9단을 단장으로 하여 남자기사로만 8단 네 명, 9단 네 명을 보내왔다. 상대가 너무 강했기 때문에 우리팀에서도 신중을 기해 여자기사는 시합에 출전시키지 않기로 결정을 내렸다.

여자기사들은 모두 실망했다. 남자기사들이 시합에 자주 나가는 것을 보면서, 한 시합이라도 좋으니 여자기사도 나갈 수 있기를 갈망했다. 일본을 누르기 위해서가 아니라 국제대회의 실전경험을 쌓기 위해서였다. 사실 1979년부터 중국의 여자바둑은 일본을 크게 앞서고 있었다. 콩샹밍, 양훼이는 일본의 최정상 여자기사인 고바야시 치즈小林千壽, 오가와小川誠子 등과의 대국에서 대부분 승리를 거두었다. 일본 최고 수준의 여자기사들이 반격할 여지가 없을 정도로 수준은 크게 벌어졌다. 1982년의 대항전에서 내가 또다시 일본 여자기사들에게 전승을 거두자 두 팀의 실력 차가 너무 크다고 판단한 일본이 더이상 여자 기사들을 출전시키지 않았던 것이다.

우리 여자기사들은 팀에서 우리와 수준이 비슷하거나 혹은 우리보다 좀 나은 남자기사들이 세 판, 혹은 심지어 여섯 판까지 바둑을 두는 모습을 관전하면서 곤혹스러움을 감출 수 없었다. 한 번만이라도 시합 참가 기회가 주어지기를 간절히 원했지만 이루어지지 않았다.

나 또한 막다른 골목에 들어서서 출구를 찾지 못하는 심정이 되었다. 1982년에 승단 시합이 생기긴 했지만, 국가대항전인 중일 바둑대항전은 국가의 명예뿐만 아니라 개인의 실력과 명예를 드높일 수 있는 절호의 기회였기 때문이다. 일본팀이 앞으로도 계속 여자 기사들을 출전시키지 않는다면 우리에게도 더 이상 시합의 기회는 없는 것이라 생각하니 기분이 엉망이었다.

시합기간 동안 한쪽에서 관전하던 여자기사들은 몸과 마음이 근질근질하여 어찌할 바를 몰랐다. 나 또한 '여차하면 그만두지 뭐'라는 체념이 들 정도로 서운함을 감출 수 없었지만, 시합장 한 구석에서 다시 마음을 다져먹었다. 그토록 오랜 시간 바둑을 두었고 또 하면 할수록 바둑의 신비와 즐거움을 발견해가고 있는데 지금에 와서 바둑을 포기할 수는 없었다. 스스로를 남자기사라고 생각하며 결사적으로 노력해 보기로 했다.

아울러 나는 이 기회에 내성적이기만 한 내 성격도 변화시키고 체력도 길러야겠다고 마음먹었다. 우선 나는 양훼이, 장쉬엔과 함께 자전거를 탔다. 시합 참가를 앞두고 다른 데 신경쓸 여력이 없던 마샤오춘에게서 자전거를 빌렸다. 사람은 여럿인데 자전거는 한 대뿐인지라 순번을 정해 번갈아 타야 했다. 얼마나 열심히들 탔는지 마샤오춘이 돌아왔을 때 그의 새 자전거는 이미 고물이 되어 있었다.

열심히 자전거 페달을 밟고 나자 마치 다리가 두 개 더 생긴 듯 하체에 힘이 붙었다. 훈련을 마치면 우리는 곧바로 자전거를 타고 거리며 공원을 누볐고, 초목이 우거져 전원의 정취를 물씬 풍기는 롱탄후龍潭湖에 가서 배를 빌려 타기도 했다. 추석이 되면 친구들과

맥주, 과일을 가지고 달구경을 나가곤 하던 그 호숫길을 따라 매일 새벽달리기를 했다.

나는 몇 가지 규칙을 정했다. 사실 실행할 수 있을지는 장담할 수 없었지만 어쨌든 결심만은 대단해서 장기적인 항전을 준비하고 끝까지 노력했다. 그리고 드디어 기회가 찾아왔다.

1986년에 열리는 제2회 중일 슈퍼대항전부터는 여성들만의 예선전이 따로 마련된 것이다. 그 소식을 듣자 여자기사들은 환호하며 좋아서 펄쩍펄쩍 뛰었다. 1985년 말부터 예선전이 시작됐다.

여자 선봉은 나와 콩샹밍, 양훼이 중에서 결정하기로 했다. 방식은 한 사람이 나머지 두 사람과 각각 한 판씩을 두는 것이었다. 그러니까 개인당 모두 두 판을 두게 되는 셈이다. 만약 세 사람 혹은 두 사람이 점수가 같으면, 추첨이나 비기는 것에 관계없이 선봉이 결정될 때까지 계속해서 속기를 두어야 했다.

나는 첫번째 시합에서 이겼고 두번째에서는 졌다. 우리 세 사람은 모두 1승 1패로 똑같이 승패를 주고받았다. 속기전에 돌입했을 때 첫번째 판에서 나는 양훼이를 이겼다. 격렬하고 지독한 승부였다. 두번째 판에서 양훼이가 콩샹밍을 이겼고, 세번째 판에서 다시 나와 콩샹밍이 둘 차례였다.

나는 흑을 쥐고 두기 시작했는데 초반 형세는 괜찮았으나 상황이 점차 혼란스러워졌다. 집을 셀 때 나는 긴장한 나머지 한 집을 잘못 세고는 내가 반 집 차이로 졌다고 생각하며 식은땀을 흘렸다. 다시 한 차례 시합을 해야 한다고 생각하니 갑자기 자신이 없어졌다. 그러나 공배메움(공배는 집구실을 못하는 빈 밭이지만 사활이 발생하거나 묘수가 등장하기도 하는 등 돌의 안위에 결정적인 영향을 미친다. 공배메움은 시합 마무리에 이르러 집 수효로 승부를 가리기 위해 사용된다—편주)을 할 때 이상한 생각이 들었다. 다섯 집 차이라고 한다면 백을 거두어야 하는데 왜 흑을 거두고 나서지? 초읽기를 하면서도 계속 혼란스러웠다. 마지막에 나는 내가 한 집을 잘못 계산했음을 발견했는데 이렇게 되면 6집 차로 흑이 집 수에서 반 집 차인 2와 3/4집으로 이기는 것이었다. 슬픔이 기쁨으로 바뀌는 이런 희열은 사람을 정말 흥분시킨다. 그러나 내가 곧 울며 뛰어나갈 것처럼 감격했다고 한 당시의 보도는 좀 과장된 것이었다.

나를 둘러싼 많은 사람들이 승패를 점치는 사이 기보가 전해졌다. 그제서야 나는 나의 승리를 실감했다. 선발전에서의 승리는 하나의 전환점이었으며 또한 새로운 출발점이었다. 나보다 성적이 좋은 양훼이, 콩상밍을 이기고 중국을 대표하는 단 한 명의 여성기사에게 주어진 참가 자격을 따낸 것이기 때문이다.

이듬해 3월, 드디어 나는 허커창 선생의 인솔하에 도쿄에서 열린 제2회 중일 슈퍼대항전에 참가했다. 우리는 일본기원 부근에 있는 호텔에 여장을 풀자마자 전략을 연구했다. 슈퍼대항전은 출전한 상대 기사를 사전에 알 수 있기 때문에 시합 전에 그에 맞는 준비를 할 수 있었다. 그러나 내가 찾은 자료는 처음으로 상대할 기사의 기보 세 개뿐이었다. 그 당시에는 지금처럼 자료가 풍부하게 갖춰져 있지 않았다.

시합은 일본기원의 7층에 마련된 특별 대국실에서 열렸다. 상대는 일본의 구스노키. 언젠가 중일대항전에서 대국을 벌인 적이 있는 기사였다. 나는 내가 비교적 두기 쉽다고 생각한 흑을 잡았다. 그 당시 나는 규모가 큰 작전을 좋아했기 때문에 삼연성(三連星, 상대방을 이쪽 세력권으로 끌어들여 유리하게 싸우겠다는 뜻이 담겨 있는 포석으로, 기타니 미노루와 우칭위안에 의해 처음 등장했다―편주)을 두었다. 그 판은 비교적 순조로웠다. 처음 포석에서 흑이 우세했고, 후에 구스노키에게 기회가 한 차례 있었으나 그녀가 그 기회를 잡지 못한 결과 내가 이겼다. 그러나 복기하는 과정에서 일본팀의 주장 오다케 히데오大竹英雄 9단이 내게도 많은 허점이 있었다고 한 지적은 새겨둘 만했다.

두번째 대국날, 나는 왠지 이길 수 있으리라는 자신감이 들었다. 때마침 내린 첫눈 때문이었을까. 바둑에 몰입하다 보면 종종 주변의 모든 것들이 바둑을 중심으로 움직인다는 착각이 들곤 하는데, 특히 날씨는 내게 어떤 암시처럼 다가왔다. 아마 시합을 앞두고서는 유난히 예민해지기 때문인 듯했다.

그 대국에서 나는 백을 잡고 일본의 소년기사 모리다森田道博를 만나 싸웠다. 모리다는 비록 어렸지만 바둑실력만큼은 대단했다. 실력으로 보자면 나를 앞서는 듯 보였는데 아무래도 대회 경험이 부족했는지 제 실력을 발휘하지 못했고, 앞 대국에서 이긴 상승세를 타고 있던 나는 여세를 몰아 결국 승리를 거둘 수 있었다. 원래 한 판을 이기는 것으로 내 임무를 완성하는 것이라 생각했기 때문에 두번째 판까지 이길 수 있으리라고는 생각지도 못했다. 두번째 판은 정말이지 의외의 소득이었으며 계속해서 나는 이마무라를 맞아 싸우게 되었다.

이마무라와의 결승은 상하이에서 가졌다. 내가 상하이 출신이라는 사실을 안 주최측의 배려라 생각됐다. 나는 처음으로 가족들이 지켜보는 가운데 바둑을 두게 되었다. 그렇게 흥분될 수가 없었다. 연이은 승리에 도취되어 있던 나는 가족들이 지켜보는 세번째 판도 당당하게 승리로 장식하고 싶은 욕심이 생겼다. 부담 갖지 말고 침착하게 하라는 주위 사람들의 얘기에 그러겠다고 고개를 끄덕였지만, 시합이 끝난 후에 생각해보니 그때 이미 욕심이 내 눈과 귀를 막고 있었던 것 같았다.

그 당시 주위의 친구들과 국민들의 관심이 모두 내게 집중되어 있었다. 그들은 한목소리로 나를 응원하며, 1984년에 열린 제1회 중일 슈퍼대항전에서 5연승으로 파란을 일으키며 국내 바둑 붐을 조성했던 제2의 장주주가 되기를 바라고 있었다. 시합이 열리기로 한 국제호텔의 주방장까지도 나를 위해 특별히 케이크를 만들어 승리를 미리 축하해줄 정도로 그 당시 나는 사람들의 사랑과 관심을 한 몸에 받고 있었다. 어쩌면 내게 아낌없는 응원을 보내주는 그들에게 우승으로 보답하고 싶다는 소망이 은연중에 부담으로 작용했는지도 모르겠다. 결론부터 말하면 나는 그 시합에서 지고 말았다.

원래 흑을 두는 것을 좋아하기도 하고 작전방안과 포석의 유형을 선택할 수 있다는 장점이 있는 흑을 잡게 된 나는 자신만만하게 시작했다. 그런데 어찌된 일인지 시합 내내 나는 줄곧 그를 쫓아다니느라 급급했다. 그러다 보니 마음의 여유를 잃고 걸핏하면 귀를 거는 등, 허둥지둥하느라 반전의 기회를 잡지 못했다. 겉으로 보기에 그 판은 아주 격렬한 것 같았으나 실제로는 흑이 공격에만 급급해 이미 손실을 입고 있었다. 이마무라는 침착하게 잘 두어 줄곧 우세한 상태를 유지한 반면, 실속없이 싸움걸기에만 바빴던 나는 회생의 기회를 잡지 못한 채 시합을 마쳐야 했다.

긴 대국이 끝났을 때 나는 한동안 멍했다. 좀전의 상황이 꿈이었기를, 그래서 처음부터 다시 둘 수만 있다면……. 어떤 사람은 내가 엘리베이터 안에서 우는 것을 봤다고 했다. 정확히 기억나지는 않지만, 그때 내가 침착한 모습이었다면 그게 오히려 이상한 일이 아니었을까.

시합이 끝나고 우리는 찡안춰에 있는 체육관으로 가서 바둑 팬을 만났다. 그곳에는 1천여 명의 관중이 있었다. 비록 시합엔 졌지만 모두들 변함 없이 따뜻하게 박수를 쳐주어 오히려 몸둘 바를 몰랐다.

나는 당시 어리고 기세등등했다. 처음으로 많은 사람이 주목하는 위치에 오르게 되었고, 모두들 내가 이기기를 바랐으며, 나 역시 시합에서 이겨 그들이 자랑스러워하는 바둑기사가 되고 싶었다. 공을 세우겠다는 마음 앞에 평상심이 힘없이 허물어지고 만 것이다. 60년대 초부터 일본에서 명인 타이틀을 얻은 린하이펑林海峰 선생도 "바둑은 평소와 같이 두어야 한다"고 말씀하실 정도로 바둑에서 평상심은 중요한 덕목 가운데 하나다. 물론 그러한 경지는 내가 도달하고 싶다고 해서 금방 이루어질 수 있는 성질의 것이 아니다. 혹독한 수련을 통해서만 얻을 수 있는 것임을 통감하는 순간, 나는 아직 한참 멀었다는 사실을 순순히 인정할 수밖에 없었다.

그러나 그 시합으로 나는 사람들에게 알려지기 시작했다. 아마도 여자기사로서 남자기사들과의 대국에서도 밀리지 않고 대등하게 바둑을 두었다는 점과 힘을 바탕으로 한 공격적인 바둑 스타일이 사람들에게 강한 인상을 주었던 것 같다.

싼샤로의 행차

　1987년의 중일 바둑대항전은 창장싼샤長江三峽를 따라 내려가면
서 시합하는 방식을 취했다. 충칭重慶에서 배에 오르기 전 대표부
는 갑자기 한 가지 규율을 발표했다. 여자기사들은 이 시간 이후로
일본 남자기사들의 방에 가서는 안된다는 것이었다. 여자기사인 나
와 양훼이, 장쉬엔張璇은 대표부의 갑작스러운 명령에 잠시 어리둥
절했다. 이해할 수 없었을 뿐만 아니라 약간의 모욕감마저 느꼈다.
그러나 규율은 규율이었고 우리도 위반하고 싶은 생각은 없었다.
배에 오르고 나서 일본 남자기사들의 방에 가지는 않았지만 모두들
서로 잘 어울려 지냈다.

　배가 우한武漢에 도착했다. 대항전 폐막을 하루 앞두고서 나는
잠시 짬을 내어 장쉬엔, 요다 노리모토, 이마무라 등과 함께 그 근
처를 산책했다. 돌아오는 길에 요다 노리모토가 갑자기 베드민턴을

치러 가자고 했다. 날씨가 너무 더워서 모두들 시큰둥했다. 그러자 이번엔 속기를 두자고 제안했다. 장쉬엔과 나는 복도에서 둔다면 별문제 없을 것 같아 흔쾌히 제안을 받아들였다. 그런데 요다 노리모토가 복도를 가리키며 "이렇게 어두운데 어떻게 두냐"고 불만을 표시했다. 얘기를 듣고 보니 정말 그랬다. 바둑을 두기 위해 자연스럽게 그들의 방으로 몰려가면서 우리는 팀의 규율 따위는 까마득하게 잊어버리고 말았다.

우리는 방문을 열어놓고 요다 노리모토의 방에서 바둑을 두었다. 맞은편 가토 방에는 장주주가 있었는데 우리가 시끌벅적하게 바둑을 두자 나중에는 가토와 주주도 건너와서 흥미롭게 관전했다. 그때 갑자기 전화벨이 울렸다. 받아보니 팀의 저녁회식 자리에 나를 호출하는 전화였다. 나와 장쉬엔은 그제야 상황이 좋지 못함을 알았다. 규율을 위반했던 것이다.

다음날 대항전 마지막 시합에서 나는 히코사카를 이겼다. 그러나 총성적은 중국 팀의 패배였다. 셋쨋날 모든 사람들이 모여 총결산 모임을 가졌는데 분위기가 무겁게 가라앉았다. 중요한 패인이 바로 대원들이 열심히 하지 않았다는 데 이르렀다. 일본 남자기사들의 방에 갔던 일로 우리는 지도부로부터 호된 비판을 받았다. 당시 의기양양했던 나는 한번도 들어보지 못한 심한 질책에 견디기 힘든 충격을 받았다.

베이징에 돌아온 후 팀에서는 나에게 반성문을 쓰라고 했다. 여러 번 고쳐 쓴 끝에 간신히 통과되었지만 지도자는 성의도 없고 깊이 반성하지도 않는다며 여전히 불만스러워했다. 이어서 무거운 처벌이 내려졌다. 이미 예선을 통과하여 본선에 올라 조별 리그에 속해 있었던 나는 그해 국수전 참가자격이 취소되었다. 장쉬엔 또한 바둑왕전의 예선자격이 취소되었다.

부당하다는 생각이 들었지만 난 나 자신을 위해서라도 그 일을 잊으려고 노력했다. 그런데 사무실에서 우연히 훈련국의 연말 총결산 보고서를 보게 되었다. 거기에는 바둑팀에 관한 언급도 있었다. 보고서에는, 그해 중일 바둑대항전에서 여자기사 두 명의 품행이 방정하지 못해 규율을 어기는 일이 발생했으며 지도자가 즉시 엄중 처리하고 팀원들에게 주의를 주었다는 내용이 적혀 있었다. 나는 순간 멍해졌다. 내가 규율을 위반한 일이 훈련국 총결산에까지 기록될 줄은 생각지도 못했기 때문이다.

내가 규율을 위반한 것은 사실이지만 맹세컨대 품행을 문제삼을 만한 일은 없었다. 보수적인 중국에서 여자의 '품행'은 중요한 문제였다. 미혼여성들에게는 특히 그러했다. 그런데 변명의 여지도 없이 단정지어 쓰여지고 그것으로 시비곡직이 가려지다니 너무 끔찍하다는 생각이 들었다. 이런 곳에서 계속 바둑을 두어야 하는지 회의가 들기 시작했다.

나와 장쉬엔이 일본 남자기사들의 방에 간 것은 바둑을 두기 위한 것이었다. 우리는 규율을 위반했을 뿐 행위에 있어서는 정정당당했다. 전근대적이고 모욕적이지만 규율은 규율이었으므로 규율을 위반한 데 대해서 비판을 받는 것은 그럴 수 있다는 생각이 든다. 그러나 그로 인해 이토록 엄중한 처벌을 받아야 하는 것에는 수긍할 수 없었다. 더욱이 그 일이 있고부터 내게는 '품행이 방정하지 못함'이라는 굴레가 씌어졌고 주위 사람들이 이상한 눈초리로 나를 쳐다보는 것 같아 견디기 힘들었다.

나의 바둑인생은 싼샤에서 좌초를 겪게 되었다. 그후로 난 한동안 슬럼프에 빠졌고, 시합 성적 역시 밑바닥으로 곤두박질쳤다. 그때는 어렸기에 받아들이기가 더욱 힘들었다. 그저 바둑을 둔 것뿐인데, 더구나 그 자리엔 여러 사람들이 함께 있었는데 훈련국의 지도자에게서 '품행이 방정치 못함'이라는 낙인이 찍히게 되다니……. 나는 아무리 생각에 생각을 거듭해봐도 내 어디가 방정치 못하다는 것인지 알 수 없었고 젊은 여자로서 그런 짐을 지게 되었다는 것에 절망했다.

나는 대회 참가자격을 취소하는 것은 기사의 권리를 침해하는 것이고 우리의 품행이 방정치 못하다고 못박는 것은 우리의 명예에 먹칠을 하는 것이라 결론지었다. 그 순간부터 국가대표팀을 떠나는 문제에 대해 고민하기 시작했다. '싼샤로의 행차'가 내 바둑인생을 크게 바꿔놓고 만 것이다.

몇 년이 흐른 후, 뤄지엔원羅建文 선생은 한 문장에서 아주 은유적인 표현으로 그 일을 언급했다. '그들이 당시 어떤 일을 했는지는 말할 수는 없다. 그 일을 얘기하면 그들의 명예에 영향을 줄 수 있기 때문이다.' 그러나 나는 뤄 선생의 그러한 표현이 우리를 보호하기는커녕 오히려 악의적으로 우리의 명예를 손상시켰다고 생각한다. 나는 뤄 선생이 무슨 이유로 그랬는지 이해가 되지 않았고, 이렇게 시간이 흐른 뒤에도 여지를 남기지 않고 몰아붙인 저의가 무엇인지 도저히 이해할 수 없었다.

바둑 때문어 울고 웃다.

일본에 있던 나는 그 문장을 보고 비분강개했지만 마땅히 호소할 곳이 없었다. 다시 한번 당시의 황당하고 암담했던 심정을 곱씹을 수밖에 없었다. 난 잊고 싶었지만 사람들은 결코 잊지 않았다.

중국에서 〈오환야화五環夜話〉라는 프로그램에 나간 적이 있었는데 아직도 그때 일을 물어오는 기자가 있었다. 그후로도 오랫동안 내 발목을 붙들고 놔주지 않았다. 중요한 고비마다 그 일로 인해 번번이 상처를 받아야 했고 불이익을 감수해왔던 것이다.

훗날 나는 상하이를 대표하여 광저우廣州에서 열린 전국 개인전에 참가하려 한 적이 있었다. 1995년 당시 그 대회에 참가하기 위해 먼저 천쭈더 선생께 전화를 드렸더니 선생은 나를 지지한다고 하셨다. 그렇지만 바둑협회 지도자가 찬성하지 않는다며 뤄 선생에게 직접 전화를 드려보라고 했다. 난 전화를 걸고 싶지 않았다. 좋은 대답이 있을 리 없다고 생각했다. 그러나 그 대회에 참가하고 싶은 마음이 간절했기 때문에 하는 수 없이 뤄 선생께 전화를 드렸다. 역시 선생은 일언지하에 거절했다. 게다가 한바탕 훈계까지 하셨다. 나는 그저 학생이었고 후배였을 뿐인데 어째서 그렇게까지 나를 난처하게 하는지 도저히 이해가 되지 않았다. 당시 내 절망적인 심정은 1987년과 조금도 다르지 않았다.

여하튼 나는 대표팀의 추이를 지켜보며 좀더 신중을 기하기로 했다. 그리고 앞으로 있을 승단시합에서 오직 9단이 되기 위해 모든 노력을 쏟기로 했다. 9단이 된 것은 나 자신에게 있어서나 부모님에게 있어서나 아주 좋은 보답이었다. 이후에 무엇을 하든지간에 나의 바둑 인생이 헛되지는 않았다는 것을 증명해주는 것이었으니까. 그래서 그 기간 동안 나는 열심히 노력했고 전심전력으로 바둑에 매진했다.

9단, 더 이상의 승단은 없다

    1988년 6월 드디어 나는 9단으로 승단했다. 싼샤 사건으로 장래가 불투명한 와중이어선지 그 기쁨은 두 배였고 내게 큰 힘이 되어주었다. 어렸을 때 나는 9단의 자리가 도대체 어떤 자리인지 짐작이 가지 않았다. 나와는 관계가 먼 이야기로만 들렸다. 내가 과연 입신入神의 경지라는 9단에 오를 수 있을까? 그러나 본격적으로 바둑을 두고 국가대표로서 여러 대회에 참가하면서부터 나는 비로소 9단을 신화로 생각하지 않고 이룰 수 있는 목표로 생각하기 시작했다.

    중국은 1982년부터 프로기사 제도가 시행되었는데 우선은 지난해의 시합 성적으로 단의 위치를 정한 다음 단을 정하는 시합에 참가해야 증서를 받을 수 있었다. 당시 나는 4단이었고 양훼이는 5단이었다.

1982년 말 청두成都에서 하반기 승단 시합이 열렸다. 현재는 1년에 한 차례로 바뀌었지만 당시에는 봄, 가을 두 차례 열렸으며 12판을 치렀다. 그해 승단 시합에서 나는 5단으로 올랐다. 중일 바둑대항전의 성적을 승단에 포함시키는 규정이 내게 다소 유리하게 작용했다. 그후 계속해서 연속 승단의 가도를 달리다가 1986년 8단이 된 후에 잠시 시간을 가졌다. 9단이 되려면 좀더 많은 시합 경력이 필요했기 때문이다.

1988년 9단 승단 시합에서 나는 맨 처음 콩샹밍과 시합하게 되었다. 그런데 팀에서 갑자기 중일 바둑대항전의 성적은 점수에 넣지 않는다고 알려왔다. 뜬금없는 소식에 잠시 어리둥절했다. 그해 중일 바둑대항전에서 좋은 성적을 올린 나는 예전의 규정대로라면 한 시합만 승리하면 9단에 오를 수 있는 유리한 입장이었던 것이다. 그러나 어쩔 수 없는 규정이 생겼으니 또다시 따를 수밖에.

첫판에서 나는 콩샹밍을 이기고 이어서 두 판도 내리 이겼다. 네 번째 판에서 장쉬엔에게 패한 뒤 잠시 휴식을 취하고 있는데 뤄 선생이 갑자기 전화를 걸어오셨다.

"중일 바둑대항전의 성적을 이번까지만 포함시키기로 했다. 그러니 콩샹밍을 이긴 너는 이제 9단이 된 거다."

여자기사로서는 내가 처음으로 9단에 오른 기사가 된 것이다. 이로써 나는 승단이라는 일에 마침표를 찍을 수 있었다. 이제 내게 남은 중요한 일은 대표팀을 떠날 것인가 말 것인가 선택하는 일이었다.

대표팀을 떠나는 쪽으로 결심을 굳히려 하자 갑자기 혼란스러워졌다. 정말 떠날 수밖에 없는가? 마음 밑바닥에 남아 있는 대표팀에 대한 미련이 발목을 잡았다. 그러나 대표팀을 떠날 수밖에 없는 보다 큰 이유는 내게 더이상 시합의 출전기회가 주어지지 않을 거라는 걸 안 이상 대표팀에 머문다는 것은 아무런 의미가 없었다. 당시 나와 수준이 비슷했던 남자기사들은 세계대회에 참가할 기회가 많았지만 여자기사인 나는 대표팀에서 배정한 시합은 말할 것도 없고, 후지쯔배 같은 시합의 참가 기회가 적었다. 여기에는 '싼샤 사건'도 분명히 영향을 미치고 있었다.

제2회 후지쯔배가 시작되자 중국에서도 선발전이 치러졌다. 그해 전국 남자바둑의 개인전 1등과 2등에게 우선적으로 후지쯔배 참가권이 주어졌고, 나머지는 겨우내 선발전을 치러 참가자를 선발한다고 했다. 나는 당시 남자개인전 우승자 두 명이 후지쯔배에 참가할 수 있다면 여자개인전의 우승자도 고려할 수 있지 않을까라고 의견을 냈는데 대표팀은 안된다는 회답을 보내왔다. 왜냐하면 여자기사의 성적이 남자기사만 못하다는 것이다. 나는 그 이유에 정당성이 있다고 받아들이고 곧바로 남자개인전에 참가하고 싶다고 신청했다. 과거에도 남자기사들은 여자기사의 시합에 참가할 수 없었지만 여자기사들이 남자단체전과 개인전에 참가한 선례가 있었다.

내 신청은 결국 받아들여지지 않았다. 국가대표팀의 모든 남자선수에게는 두 번의 기회가 있었다. 개인전에서 1, 2위를 다툴 기회가 있을 뿐 아니라 선발전에 참가할 기회도 있었다. 반면 우리 여자 기사들은 한 번의 기회밖에 없었다.

나는 결코 여자기사에게 단독 참가자격을 달라고 한 것이 아니었다. 다만 남자기사들과 공평한 기회를 달라고 한 것뿐이었다. 아마도 '쏸샤 사건'이 걸림돌로 작용한 듯했다.

후지쯔배 선발전이 있던 그 겨울, 나는 바둑 이외의 일은 아무것도 생각하지 않았다. 마치 머리를 모래 속에 처박은 타조같이 온 정신을 바둑에 쏟아부었다. 낮에는 시합을 하고 저녁에는 복기를 하는 나의 머릿속에는 온통 바둑밖에는 없었다. 내가 만약 떨어진다던 대표팀을 떠나는 것이 기정사실화될 것이다. 나는 국가대표팀을 떠나기 전에 마지막이라는 심정으로 나 자신을 완전히 바둑에 쏟아부었다. 이후에 어떻게 될지에 대해서는 생각하고 싶지 않았다. 그해 겨울, 나는 모든 노력을 다했지만 결국 떨어지고 말았다. 이제는 더 이상 남아 있을 이유가 없었다.

나는 팀의 지도자를 찾아가 팀을 떠나겠다는 의사를 분명히 했다. 화이강 선생은 간곡히 만류하며 다시 한번 심사숙고해보라고 하셨다. 그 사이 나는 상하이에 한번 다녀오며 가족들에게도 그 사실을 알렸다. 베이징으로 돌아와서 나는 정식으로 팀에 탈퇴신청서를 냈다. 나이도 너무 많고 경기능력이 마음 같지 않아서 대표팀을 떠나 상하이로 가서 공부하고 싶다고 탈퇴 이유를 적었다. 팀을 떠나겠다는 진짜 이유는 결코 이런 것이 아니었지만 진짜 이유를 썼다가는 대표팀에서 통과될 리 없었기 때문에 적당히 갖다 붙인 것이다. 지도자까지 나를 찾아와 말렸다. 특히 천쭈더 선생은 진심으로 내가 남기를 바란다고 말씀하였다. 그렇지만 그는 나의 선택을 존중했다. 네웨이핑 선생의 결론은 명쾌했다.

"설득할 수 있는 데까지 설득했다. 선택은 네게 달렸다. 정 떠나야 한다면 떠날 수밖에."

나는 마지막으로 허커창 선생을 찾아갔다. 당연히 나를 만류하셨지만 나로서도 어쩔 수 없는 일이라고 말씀드렸다. 탈퇴신청이 받아들여졌다. 떠날 시간이 가까워오자 마음이 착잡했다. 어쨌든 국가대표팀에 머문 지 9년, 이곳은 내가 가진 기량을 맘껏 펼친 곳이었으며, 내가 성장하고 결실을 거둔 곳이었다.

1989년 5월 20일 나는 고향인 상하이로 가기 위해 대표팀 건물을 나섰다. 이제 정말로 국가대표팀을 떠나는 것이다. 이로써 이곳에서의 생활은 추억으로만 남게 되는 것이다. 이곳을 떠나는 게 슬픈 건 장주주 때문이기도 했다. 이제 막 그와 마음을 열고 가까워지기 시작했는데 이렇게 헤어져야 하다니. 그와 작별할 때 나는 울고 말았다.

주주는 기차역까지 나와서 배웅했다. 기차가 출발하자 주주는 손에 들고 있던 물건을 흔들며 작별인사를 보냈다. 상하이에 도착해서도 그 모습이 오래도록 잊히지 않았다.

사랑

　내가 주주를 처음 본 것은 1979년 봄 전국 바둑대회에서였다. 시합에 나간 것이 아니라 단지 참관하러 간 것이기 때문에 이것저것 구경하느라 나는 아주 분주했다. 내가 본 많은 사람들 중에 주주도 있었지만 그때는 그저 스치듯 지나쳤다.

　1980년 10월 베이징의 국가대표팀에 들어와서 나는 한동안 기사들과 서먹서먹하게 지냈다. 주주하고도 마찬가지였다. 내가 국가대표팀에 들어올 무렵 주주는 일본에서 막 돌아와 있었다. 후에 나의 첫인상이 어땠는지 묻자 주주 역시 그저 바둑을 잘 두는 여자아이가 상하이에서 왔구나, 정도로만 생각했다는 것이다.

　나는 주주가 좀 건방진 사람이라는 생각이 들었다. 당시 그의 성적이 꽤 좋았다는 점이 이런 생각을 부추겼는지도 모르겠다. 사람들과도 별로 어울리고 싶어하지 않았고, 다른 사람들이 시끄럽게 떠들며 놀 때도 항상 기보를 뒤적이거나 책을 보고 있는 모습은 약간의 두려움을 불러일으켰다. 어쨌든 나는 주주에게 쉽게 다가가지 못했다.

사실 그는 꽤 유머가 풍부한 사람이었다. 그의 유머는 당해낼 재간이 없었다. 소극적인 나는 그가 드물게 짓궂은 농담을 던질 때면 어쩔 줄 몰라했다. 그러나 오랜 시간이 흘러도 주주와 나는 두 줄의 평행선처럼 멀지도 가깝지도 않은 관계로 지냈다. 당시 주주는 제1회 중일 슈퍼대항전에서 5연승을 거두는 파란을 일으키며 일약 '항일영웅' 대접을 받고 있었는데 아마도 같은 바둑기사로서 내 밑바닥에 깔려 있던 경쟁의식도 어느 정도는 작용했던 것 같다. 그러나 그 역시 나를 경계했다고 한다. 실력 있는 남자기사들을 차례차례 물리치는 모습을 보고는 강한 인상을 받았다고 했다. 속으로 절대 이 여자아이에게 지지 말아야지, 하고 다짐했다고 한다.

어느 날 주주가 나를 찾아왔다. 〈중일바둑술어사전〉을 베껴달라는 것이었다. 나는 당시 심각한 슬럼프에 빠져 있었는데도 그의 부탁을 들어주었다. 나중에 얘기를 들어보니 다른 일에 집중함으로써 내가 슬럼프에서 빨리 벗어날 수 있기를 바라는 마음에서였다고 했다. 깨알 같은 사전을 베끼면서 나는 다소 마음이 진정되기는 했다. 그후로 차츰 말을 주고받기 시작하다가 결정적으로 가까워진 시기는 중일 바둑대항전 이후 내가 '싼샤 사건'으로 괴로워하고 있을 때였다.

절망적인 심정으로 산책을 하고 있는데 주주가 내게로 오더니 위로의 말을 건넸다. 그에게서 위로를 받으리라고는 생각지 못했다. 순간 그가 너무 고마웠다. 적어도 누군가는 사건의 진상을 알고 있는 것이다. 그는 팀의 처벌이 불공평하고 나와 양훼이가 억울할 것이라는 생각이 들었다고 했다. 그는 내게 오히려 가슴을 펴고 고개를 바짝 들고 다녀야 한다고 얘기했다.

내가 결국 9단 승단 후 대표팀을 떠나기로 마음먹자 그는 진심으로 나를 걱정해주었다.

"신중하게 생각해. 정말로 네게 도움이 되는 것이 무엇인지."

결정은 내렸지만 막상 팀을 떠나려니 아쉬움이 컸다. 내가 한동안 대표팀에 더 머물려면 후지쯔배 선발전에서 참가 자격을 얻는 방법이 있었다. 20차례에 걸쳐 열리는 선발전은 겨울 내내 계속되었다. 그 기간에 나는 선발전에서 거듭 몇 판을 진 주주의 방에서 얘기를 나누며 함께 바둑을 두었다. 그의 방에 들어간 건 그때가 처음이었다. 우리는 둘 다 선발전에서 떨어져 침울해 있었기 때문에 서로를 위로하며 자연스럽게 바둑 이외의 이야기도 나눌 수 있었다.

내가 팀을 떠나겠다는 서류를 공식적으로 제출한 다음날 흥분한 얼굴로 사무실을 나오는 주주를 보았다. 내 일로 팀의 대표와 크게 싸웠다고 했다. 그는 나를 국내 시합명단에서 제외시킨 건 분명히 불공평한 처사라며 팀 대표에게 따졌고, 대표도 흥분해서는 "네가 무슨 자격으로 나이웨이를 대변해서 두둔하는 거지? 나이웨이의 애인이라도 돼나?"라며 언성을 높였다고 했다. 누구에게도 위로받지 못하는 상황에서 연인도 아닌 그의 변호는 나를 감동시키기에 충분했다.

주주에게 고마움을 표시하자 그는 "별거 아니야, 다른 사람이었다고 해도 이렇게 했을 거야"라고 대답했다. 애인도 아닌 사람을 위해 정의롭게 나설 수 있는 사람이라고 생각하니 더욱 신뢰가 갔다. 이런 사람이라면 인생의 고비마다 든든한 버팀목이 되어줄 수 있을 것이라고 어렴풋이 예감했다. 나는 어느새 마음의 문을 열어 그를 받아들이고 있었다.

나는 특히 주주의 성격과 됨됨이에 이끌렸는데, 천원전 선발전에서 '바로 이 사람'이라는 확신을 얻었다. 후지쯔배 선발전 다음에 열린 천원전 두번째 리그에서 나는 주주와 만났다. 그러나 이미 팀에서 떠나겠다고 말한 상태였고 앞날에 대한 걱정으로 암담한 심정이었기 때문에 나는 조금도 흥분되지 않았다. 이런 내 마음을 읽었는지 시합 하루 전날 주주가 나를 찾아왔다. 내가 떠나고 나면 함께 바둑을 둘 기회도 많지 않을 것이라며 다음날 시합에서 최선을 다하자고 했다. 나는 그의 뜻을 충분히 알아들었다. 나는 모든 노력을 기울여 나 자신과 바둑에 떳떳하게 처신하기로 했다.

주주의 얘기를 듣자 6년 전 일이 떠올랐다. 6년 전 나는 한 시합에서 상대방의 부탁을 받고 일부러 져주는 부끄러운 행동을 한 적이 있었다. 그 시합의 승패는 내 성적에 아무 영향이 없는 데 반해 상대에게는 중요한 한 판이었던 것이다. 사실 당시 내 실력은 상대방에 못 미쳤기 때문에 실력대로 시합을 치렀더라도 이길 확률은 거의 없었다. 그러나 상대방은 안전하게 이기고 싶어 나에게 시합 때 사정을 좀 봐달라고 부탁해왔다. 마음이 약한 나는 덜컥 그러마고 약속했다.

시합 후 나는 기사로서 자격이 없다고 스스로를 책망하며 괴로워했다. 시합이란 승패에 관계없이 진지하게 치러야만 했던 것이다. 그 일로 나는 바둑을 양보하는 일 따위는 절대 하지 않는 정정당당한 기사가 되기로 결심했다.

몇 년 후 승단시합에서 친한 친구와 맞붙게 되었다. 내가 이기더라도 더이상 올라갈 수 없는 상황이었지만 나는 나와의 약속을 저버릴 수 없었다. 나는 상대에게 거듭 내가 최선을 다해 경기할 것을 얘기했다. "그렇게 힘들게 살 필요가 뭐 있어?"라며 상대는 말했다. 내가 지자 상대가 물어왔다. "이렇게 질 거, 왜 진작 그렇게 하지 않았어?" 나는 당당하게 말했다. "너도 이렇게 이겨야 승단이 좀더 떳떳하지 않겠어?" 지금까지도 이 생각엔 변함이 없다.

다음날 시합장에서 주주를 보는 순간 나는 놀랄 수밖에 없었다. 양복에 구두를 신고 넥타이를 맨 그가 바둑판 앞에서 정신을 가다듬고 있었다. 나도 얼른 새 옷으로 갈아입었다. 그와 얼굴을 마주 대하자 서로의 마음이 통하는 느낌이 들었다. 그 시합을 통해 난 주주가 가진 바둑과 친구에 대한 진지한 태도가 나와 일치한다는 것을 알았다.

내가 대표팀을 떠남으로써 아직은 연인이라 말할 수 없었던 우리의 관계가 새로운 국면으로 접어들었다. 서로 떨어져 지내게 되자 주주와 나는 서로가 얼마나 소중한 존재인지 알게 되었고, 비로소 구체적인 장래를 생각하기 시작했다.

주주와 나의 사랑은 한순간에 타올랐다가 한순간에 식어버리는 사랑하고는 달랐다. 우리는 오랜 시간을 두고 한 걸음씩 서로에게

다가갔다. 그 중심에는 언제나 바둑이 있었다. 서로에 대한 믿음과 바둑에 대한 열정이 아니었다면 우리가 과연 우리 앞에 놓여 있던 그 많은 장애물을 넘어 현재에 이를 수 있었을까?

절망하기엔 아직 일러

    오랜 시간 집을 떠나 있던 딸이 집으로 돌아오자 부모님은 매우 기뻐하셨다. 체육위원회와 바둑협회에서도 큰 관심과 지지를 보이며 나에게 많은 편의를 제공했다. 나는 상하이 바둑협회에 찾아가 유학을 가거나 푸단復旦대학에서 공부하고 싶다는 바람을 전했다. 바둑협회의 지도자는 공부와 병행하면서 대회에 출전하려면 은퇴보다는 협회와 지속적인 관계를 가지는 것이 유리하다는 조언도 해주었다.

    고향에 돌아온 나는 모처럼 한가한 시간을 가졌다. 푸단 대학 입학과 일본유학을 추진하는 틈틈이 기보를 보거나 일본의 바둑서적 번역에도 매달렸다. 그러나 시간이 지나면서 슬슬 시합에 출전하고 싶은 생각이 고개를 들었다. 불가능한 일이라는 사실을 곧 알기까지는 그리 오랜 시간이 걸리지 않았다. 상하이를 대표해 단체전이

나 개인전 및 천원전(天元, 상하이 시에서 주관하는 시합—편주)에 참가할 수 있었지만, 명인전 같은 전국 규모의 대회에는 참가자격이 없었다. 사실 명인전은 6단만 넘어서면 누구나 참가할 수 있는 대회였는데도 국가 바둑팀에서는 나의 출전을 허락하지 않았다. 국가대표팀을 찾아가 지도자와 면담을 하기도 했지만 마지막까지 그들은 동의하지 않았다. 바둑은 둘 수 없고, 관전만 겨우 허락되었다. 너무 억울했다.

뤄지엔원 선생은 기자들에게 이미 여권과 비자를 받은 루이나이웨이가 언제 일본으로 갈지 모르는 상황이기 때문에 명인전 참가가 불투명하다는 입장을 전했다. 나는 선생에게 아직까지는 상하이시 체육위원회의 동의가 떨어지지 않아 여권과 비자 문제가 처리되지 않은 상태며 일본 쪽과도 구체적으로 연락한 바 없다고 해명했다. 본선에 오른 후에도 계속 시합에 참가할 수 있다는 말도 덧붙였다. 그러자 뤄 선생은 "무엇으로 보장 할 수 있겠는가? 네가 만약 참가한다면 우리 대회의 일정에 영향을 줄 것이 분명하다"라는 말로 거절의 의사를 분명하게 밝히셨다. 결국 나는 명인전에 참가하지 못했다.

9단이면 성이나 시대표팀, 또는 국가대표팀과 상관없이 참가자격이 주어져야 한다는 생각이 그저 나만의 단순한 생각이었음을 깨달았다. 중국에서 공부하면서 바둑을 둔다는 것은 절대 실현 불가능한 일이 되고 말았다.

내가 계속해서 큰 대회에 참가하려는 시도에는 주주와 만나고 싶은 간절한 마음도 담겨 있었다. 서로를 향한 그리움을 편지와 전화로 달랠 수밖에 없던 우리는 그나마 같은 시합에 참가해 단 며칠이라도 얼굴을 볼 수 있는 기회를 놓치고 싶지 않았다. 9년 동안 같은 대표팀에 있으면서 매일 얼굴을 볼 수 있었을 때는 별 느낌 없다가 이렇게 만나기 어려운 상황이 되자 애틋함이 생기는 건 무슨 경우인지……. 이런 의미에서 보자면 싼샤 사건이 꼭 나빴던 것만도 아니다. 내게 그런 어려움이 없었다면 주주라는 사람을 새롭게 볼 기회는 영영 없었을 테니까.

주주는 아직 국가대표팀에 있었고, 우리의 사랑은 점점 깊어졌다. 나는 다시 국가대표팀으로 돌아갈까도 고려해보았다. 그러나 돌아가는 상황을 보니 설령 내가 국가대표팀에 되돌아간다 해도 지금보다 나은 상황이 되리라는 보장은 어디에도 없었다. 어느 것을 버리고 어느 것을 취할 것인가? 그래도 다시 한번 대표팀에서 뛰어볼까? 아니면 지금 당장 유학을 갈까? 아니, 우선 국내에서 공부를 하다가 기회가 오면 그때 나가는 건 어떨까? 망설이던 나는 지금 유학을 떠나는 쪽으로 마음이 기울었다.

당시 일본은 세계바둑의 최강국이었고 고수들이 운집해 있었다. 나는 그저 막연하게 일본에 가면 고수들과 직접 시합을 하고 소원을 이룰 수 있을 것이라 생각했다. 만약 국가대표팀에 있으면 일본으로 시합하러 가기가 어렵겠지만 내가 일본에 있으면 분명히 수시로 기회가 생길 수 있을 것 같았다.

상하이 체육위원회는 나를 지지하는 입장이기는 했지만 유학에 대해서는 보류하고 있었다. 유학수속도 너무 번거로웠고 체육위원회의 동의를 받으려면 보증인이 있어야 했는데. 당시 상하이시의 리우쩌위안劉振元 부시장은 나에게 지대한 관심을 가지고 특별히 나를 불러 말했다.

"자네가 유학을 갈 수 있도록 도와주지. 그러나 한 가지 약속해 주게. 일본에 가서도 계속해서 바둑을 두겠다고. 만약 그때 가서 바둑을 포기한다면 다시는 자네를 보지 않을 걸세."

다음날 그와 동행해서 체육위원회를 방문했고, 순조롭게 수속을 마칠 수 있었다. 10년 후 시합차 중국에 갔을 때 리우 부시장은 나를 반갑게 맞아주며 내가 여전히 바둑을 두고 있다는 사실에 크게 기뻐했다.

"자네들이 외국에서 이름을 떨치고 있는 것, 그것이 바로 조국을 위해 영광을 떨치는 것 아니겠나."

일본으로 떠나기 전에 나는 타이위안에 살고 계시는 주주의 부모님을 만났다. 내가 일본으로 떠나기 위해 준비를 하는 동안, 주주 역시 꽤 오래 전에 몇 가지 이유로 신청해둔 미국 비자가 나오자 미국행을 결심했기 때문이다. 우리는 중국을 떠나기 전에 양가 부모님께 인사를 드리기로 했다. 직접 얘기를 꺼낸 적은 없지만 우리는 두 사람이 함께 지낼 수 있는 상황이 되는 대로 결혼을 하자고 이미 마음을 맞추었다.

8월 20일 나는 베이징에서 미국으로 떠나는 주주를 전송했다. 앞으로 우리의 미래가 어떨지 장담할 수 없는 상황에서 그와의 이별이 너무 슬프게 다가왔다. 지금 헤어지면 앞으로 얼마나 오랫동안 떨어져 있어야 할지, 또 언제 만날 수 있을지 기약이 없다는 생각이 들자 도저히 그를 보낼 수 없을 것 같았다. 나는 떠나는 그의 옷자락을 잡았다가 살며시 놓았다. 주주의 눈에도 눈물이 그렁그렁했다.

1990년 9월 5일 나도 일본행 비행기에 올랐다. 이렇게 해서 그해 여름에서 가을로 넘어가는 즈음 나와 주주는 거의 동시에 사랑하는 고향을 떠났다.

3

떠도는 기객

　일본으로 떠나던 날, 하늘은 맑게 개 있었다. 온 가족의 배웅을 받으며 공항으로 향했다. 베이징에 있는 국가대표팀에 들어가기 위해 집을 떠나던 날 아버지가 기차역까지 데려다 준 일을 빼면 난 언제나 혼자 다녔고 모두들 당연하게 여겼다. 탑승 시간이 가까워오자 갑자기 엄마가 눈물을 보이셨다. 열네 살부터 집을 떠나 있던 딸이라 이런 헤어짐에는 익숙할 만도 하련만……. 나 역시 참았던 눈물을 쏟고 말았다. 이전과는 다른 상황 앞에서 떠나는 사람이나 보내는 사람이나 불안한 마음을 감추지 못했다. 아버지는 얼른 비행기를 타라고 내 등을 떠미셨다. 발길이 떨어지지 않았지만 나는 마음을 다잡고 빠른 걸음으로 승강장 안으로 들어섰다. 그렇게라도 하지 않으면 영영 떠나지 못할 것 같았다.

　누구에게나 그렇겠지만 가족들은 내게 각별했다. 내가 바둑을 시작할 수 있었던 것도 모두 부모님 때문이고, 동생은 어린시절 나의 둘도 없는 바둑친구이기도 했으니까. 뿐만 아니라 내게 어려운 시련이 닥치거나 슬럼프에 빠졌을 때 제일 먼저 힘을 준 것도 가족들이었다. 사실 가족들은 처음에 내가 프로기사가 되는 것에 대해 망설이는 태도를 보였지만, 대표팀에 들어가고 나서부터는 바둑인생의 고비마다 나를 격려해준 든든한 지원군이었다.

"넌 해보지도 않고 어떻게 '난 안돼'라고 생각하니? 우선 목숨 걸고 한번 해봐. 그런 후에 다시 결과를 보자꾸나."

가족들의 격려는 내가 바둑을 쉽게 포기할 수 없도록 오기를 불어넣었다. '그래, 여기서 멈출 수 없지. 다시 노력해본 뒤에, 그때 가서 포기해도 늦지 않을 거야.'

가족들의 전폭적인 응원이 아니었다면 난 아마 중도에서 바둑을 포기했을지도 모른다. 그런데 이제 가족들과 헤어져 모든 문제를 나 혼자의 힘으로 헤쳐나가야 하는 순간이 온 것이다. 앞으로 어떤 일이 닥칠까? 일본에서 내가 과연 바둑을 둘 수 있을까? 이런저런 생각으로 자꾸 몸을 뒤척였다. 그러나 누군들 짐작이나 했겠는가. 그 출발이 앞으로 내가 10년 동안 '바둑집시'로 떠돌게 되는 운명의 시작이었다는 것을.

비행기는 어느새 일본에 도착했다. 공항에는 1987년 중일 바둑 대항전 당시 내게 연습바둑을 제안했던, '싼샤 사건'의 주요인물인 요다 노리모토가 나와 있었다. 사실 그는 평소 배웅이나 마중 따위는 하지 않는 사람인데, 오늘만은 극히 예외적인 일에 속했다. 일본 유학중인 내 친구 니우리리에게 사정이 생겨 대신 나올 수밖에 없었던 것이다. 요다 노리모토는 『발양론發陽論』이란 책을 들고 있었다. 그 책은 초기 바둑의 사활문제를 다룬 일본의 고전 묘수풀이집으로 이노우에 인세키井上因碩가 쓴 것이다. 다소 난해하면서도 오묘무진하고, 사활에 대한 감각 훈련뿐만 아니라 실전에서의 활용도가 매우 높은 책이어서인지 몇 해 동안 요다의 손에는 항상 이 책이 들려 있었다. 요다 노리모토는 바둑 이외에는 그다지 관심 두는 것도, 아는 것도 없었다. 내게 길을 안내하면서도 그는 그저 앞서 걸어갈 뿐 힘겹게 쫓아가는 내게는 그다지 신경쓰지 않았다. 고속버스 터미널에서 그와 헤어졌다. 다음날 시합 때문에 빨리 돌아가 쉬어야만 하는 그의 상황이 이해되면서도 한편으로는 그래도 일본에 와서 처음 만나는 사람인데, 하는 일말의 서운함이 밀려왔다.

요코하마로 가는 동안 창 밖으로는 아름다운 풍경이 쉴새없이 펼쳐졌다. 아름다운 경치를 보자 위로는커녕 도리어 착잡함이 밀려들었다. 이렇게 이국타향에서의 생활이 시작되는구나. 나의 미래는 과연 어떻게 될 것인가?

보증인 히노 여사가 터미널로 마중을 나왔다. 바둑과는 상관이 없는 그들을 알게 된 건 순전히 친구를 통해서였다. 중국인 친구 한 명이 일본에서 유학할 때 히노 선생 집에서 세를 살았는데, 나 또한 일본에서 시합이 열릴 때마다 짬을 내어 들르면서 그분들과 인연을 쌓아갔다. 일본행을 앞두고 나는 그분들에게 거취 문제며, 학교 문제며, 여러 모로 도움을 받았다. 그분들은 내가 요코하마 YMCA 학원에서 공부할 수 있도록 보증을 서주셨을 뿐만 아니라 이사하기 전까지 당신들 집에서 머물도록 배려해주셨다.

유창혁과 함께하는 바둑 공부. 내 바둑 인생의 즐거운 순간이다.

히노 선생의 집은 나지막한 언덕에 있는 자그마한 독채로 좋은 환경을 갖추고 있었지만, 골목이 좁아 짐을 옮기는 데 애를 먹었다. 사실 히노 선생은 아들네와 함께 한 집에서 살고 있었다. 그런 상황에서 나까지 신세를 지는 건 무리였는데도 히노 여사는 기꺼이 그녀의 방을 내게 내주었다. 게다가 요코하마 YMCA학원이 개강하는 10월 초까지 내가 이사할 수 있도록 집까지 구해주셨고, 며칠 후에 이사할 수 있도록 모든 조치를 취해주셨다.

그날 저녁 나는 미국에 있는 주주의 전화를 받았다. 나는 주주가 더 걱정됐다. 우리 두 사람 모두 조국을 떠나 이국타향에 몸을 두고 있고 전망이 밝지 않은 건 마찬가지였지만, 나는 그래도 친구들이 있었고 이런저런 시합으로 오가면서 일본의 상황을 어느 정도 알고 있었던 데 비해, 말도 전혀 통하지 않고 경제적인 기반도 없는 데다 친구 하나 없는 미국은 주주에게 완전히 낯선 나라였던 것이다. 그래도 주주는 애써 밝은 목소리로 나를 걱정하며 격려해주었다.

히노 선생 집에서 닷새 가량 머무는 동안 그들은 나에게 이곳저곳을 구경시켜주었다. 그들의 마음 씀씀이는 말할 수 없이 고마웠지만 한편으론 이런 생각도 들었다. 어쨌든 나는 이제 이곳에서 혼자 힘으로 모든 것을 헤쳐나가야 하는데, 남에게 도움받는 것에 익숙해지는 것은 내게 별로 도움이 되지 않을 것이라는.

그러나 훗날 나는 노동비자 문제로 또 한번 히노 여사의 도움을 받았다. 1년이 지난 후 계속 일본에 머무르기 위해 노동비자를 받아야 했다. 그녀는 자신이 고문으로 있는 보험회사에 내가 할 수 있는 일을 마련해주었다. 각 지부에 있는 회사원들에게 바둑을 지도

하는 일이었다. 출장으로 인해 일본의 여러 지방을 돌아다녀야 하는 이 일은 오히려 내게 도움을 주었다. 아무래도 몸을 많이 움직여야 하는 일이라 피곤하기는 했지만, 그 덕분에 일본이라는 나라를 좀더 자세히 알 수 있었고 사람들을 통해 새로운 문화를 접하고 경험과 견문을 넓힐 수 있었다. 사람이 사는 곳, 더구나 같은 동양권이라는 점에서는 비슷한 점이 많았지만, 들여다보면 볼수록 내 조국인 중국과 참 많이도 달랐다.

(150엔)을 아끼려다 병이 나다

이사한 첫날 밤, 아직 가구를 들여놓지 않은 텅 빈 방에 홀로 누웠다. 사방이 고요했다. 내 숨소리를 제외하고는 어떤 소리도 들리지 않았다. 잠을 청하려고 눈을 감자 고향의 가족들과 풍경들, 함께 바둑을 두던 친구들, 선생님들, 그리고 주주의 모습이 어른거렸다. 잠시 가슴이 먹먹해졌다. 돌아눕거나 바로누울 때 나는 이불의 바스락거림을 고스란히 내 귀로 들으며 뒤척이다가 겨우 잠이 들었다.

거처가 정해지고 나자 당장 먹고사는 현실적인 문제에 직면하게 되었다. 일본은 물가가 엄청 비싸서 식료품이며 생필품 구입비가 만만치 않았다. 물론 일본에 오기 전에 주위 사람들로부터 들은 얘기가 있었지만, 실제로 시장에 가서 보니 입이 다물어지지 않았다. 토마토 두 개를 집어들고 가격을 물어보니 2백엔이 넘는다는 거였다. 그 당시 내 전재산은 3만엔이 전부였다. 일본생활이 현실적으로 다가오면서 갑자기 자신이 없어졌다.

나는 일본 친구들에게 전화를 걸어 일자리를 부탁했다. 당연히 바둑을 가르치는 일이었다. 개인레슨이든 바둑모임 일이든 많을수록 좋았다.

마침 한 바둑모임에서 바둑을 가르칠 기회가 생겼다. 사람들이 많은 바둑모임에서는 대개 다면기(多面棋, 한 사람이 여러 사람을 상대로 동시에 대국하는 바둑. 보통 프로기사가 아마추어 애호가들에게 지도기로 베풀 때 쓰인다—편주)로 수업이 진행됐다. 나는 네 사람과 동시에 바둑을 두기 위해 바둑판을 부채 모양으로 놓고 그 자루 위치에 앉았다. 그날 나는 내리 열 판 가량 바둑을 두었다. 혼자서 여러 명을 상대로 바둑을 두자니 나중에는 녹초가 되었다. 더구나 매판 모두 시합처럼 진지하게 임했기 때문에 더욱 힘이 빠져버렸다. 이런 내 모습을 본 주위 사람들이 그렇게 사력을 다해서 바둑을 가르치면 나중에 가서는 정작 자신이 바둑을 둘 힘이 남아 있지 않을 거라며, 농반진반으로 대충하라고 귀띔해주었다. 그러나 보수를 받고 일을 하는 이상 소홀히 할 수는 없었다.

일을 마치고 자리에서 일어날 무렵 그 모임의 회장이 내게 말했다.

"모두들 당신을 좋아하는군요. 앞으로도 매달 한번씩 오셔서 지도를 베풀어주실 수 있겠습니까?"

이렇게 해서 나는 첫 일자리를 얻었다. 모임에 나가는 날은 항상 그곳 회원들과 저녁식사를 함께했다. 얼마 후 나는 또 한 분과 반가운 만남을 가졌다. 언젠가 본 적이 있는 아마추어 강호 야마시타 이사오山下功 선생과 우연한 기회에 연락이 닿았다. 야마시타 이사오 선생의 딸 야마시타 치후미山下千文는 바로 세계 아마추어 여자바둑대회 우승자이자 일본여자 바둑의 3위 안에 드는 실력파였다. 야마시타 선생은 내게 두 가지 일을 소개해주었다.

하나는 도시 미장공사에서 바둑을 가르치는 일이었다. 정확하게 말하면 야마모토 겐이치山本健— 사장과 회사 중역들에게 일주일에 한 번 두 시간씩 바둑을 가르치는 일이었다. 다른 하나는 오츠카大塚正信라는 불교단체 지도자에게 바둑을 가르치는 일로 역시 일주일에 한 번 두 시간이었다.

이렇게 얻은 일로 어느 정도 생활의 안정을 찾을 수 있었다. 낯선 땅 일본에 도착해서 이처럼 좋은 사람들을 알게 된 건 큰 행운이 아닐 수 없다. 특히 불교지도자 오츠카 선생은 물심양면으로 내게 도움을 주었다. 어려움에 처하게 되어 그를 찾아가면 언제나 힘을 다해 도와주었다. 그는 나에게 일본의 예절과 관습을 가르쳐 주었고, 맛있기로 소문난 음식점에서 밥을 사주었으며, 운동센터에서 체력을 단련할 수 있도록 해주었다. 외국이어서 더 그런 마음이 들었는지 몰라도, 마치 친한 친구나 오빠를 얻은 듯 든든했다.

또 한 가지 기분 좋은 일이 겹쳤다. 인터넷 바둑회사 〈GO-NET〉에서 나에게 매주 한 번씩 회원들과의 사이버 바둑을 부탁해온 것이다. 나는 흔쾌히 승락했다. 〈GO-NET〉의 후지와라藤原 사장은 나에게 큰 호의를 베풀었다. 가구들이며 일본 생활에 필요한 것들을 제공하는 등 배려를 아끼지 않았다.

그러나 이렇게 안정을 찾기 전까지 나는 항상 여유없이 쪼들려야 했다. 언제나 돈을 아껴 써야 했고 그렇게 해도 생활은 늘 빠듯했다. 내가 일본에서 처음 얻은 일자리인 바둑모임에 나가던 어느 날이었다. 일이 끝나가는 저녁 8시쯤 되자 갑자기 태풍이 상륙해서 비바람이 세차게 몰아치고 있었다. 그날은 마침 중국의 국경절을 기념하기 위해 한 친구의 집에서 조촐한 모임을 갖기로 약속이 돼 있었다. 나는 회원들과의 식사도 거절한 채 발걸음을 재촉했다.

전차에서 내려 택시를 타는 것이 가장 편하고 빨랐지만, 여의치 않다면 버스도 이용할 수 있었다. 그러나 주머니 사정을 생각하니 150엔이나 하는 차비가 아깝다는 생각이 들었다. 비바람을 맞으면서 30분을 걸은 끝에 겨우 시간에 맞춰 도착할 수 있었다. 친구들과 만두를 먹으며 와자지껄 수다를 떨 때는 몰랐는데 숙소로 돌아온 후부터 갑자기 열이 나더니 감기 몸살로 며칠을 누워 있어야 했다. 150엔을 아끼려다가 병이 났던 것이다. 언젠가 바둑 훈련반 시절 동생과 함께 교통비를 아껴 엄마에게 주었던 일이 떠올랐다. 그저 재미삼아 한 행동이었을 때는 잘 몰랐는데, 생계가 달린 절박한 마음에서 나온 행동이라 생각하니 왠지 서글퍼졌다.

몸이 아프면 마음도 약해지게 마련인가보다. 앓아 누워 있는 동안 문득 영영 바둑을 둘 수 없는 건 아닌가 하는 불안이 엄습했다. 갑자기 절벽을 마주한 것처럼 암담한 심정이 되었다. 내가 만난 일본인들은 친절했으며 모두 내게 도움을 주려고 애썼다. 그러나 일본인들의 이러한 친절은 내가 일본에서 본격적인 프로 바둑기사로 활동하려는 바람에까지는 이어지지 못했다. 생활적인 면에서 도움을 받는 것도 중요하고, 또 감사하게 생각하지만, 내가 정작 일본

사람들에게 받고 싶은 친절은 일본에서 자유롭게 바둑을 둘 수 있는 기회였다. 다른 면에서는 너무도 친절하고 따뜻한 그들이 왜 바둑 문제로만 넘어가면 그토록 경계하고 배척하는 것일까? 의구심이 쌓여갔지만 그 상황에서는 그저 속으로 답답함을 삭일 수밖에 없었다. 언젠가는 꼭 바둑을 둘 수 있으리라. 그러기 위해서는 빨리 자리부터 털고 일어나야 했다.

바늘구멍을 통과하는 낙타

　일본에 와서 숙소를 정한 다음 내가 가장 먼저 한 일은 일본기원으로 달려간 일이다. 치요다千代田의 비교적 번화한 곳에 위치한 기원은 중국 국가대표로 있을 때 팀을 따라 시합을 하러 간 적이 있는 곳이었다. 그 당시 일본사람들은 예의를 갖춰 우리를 맞아주었다. 나는 기도하는 마음으로 기원을 찾았다. 내가 바둑을 둘 수 있도록 제발 일본의 기원이 나에게 기회를 줄 수 있기를…….

　그날 나는 일본 여자기사 혼다 사치코本田幸子와 동행했다. 그녀는 여자기사 가운데 대 선배였다. 전후戰後 일본기단에는 유명한 혼다 세 자매가 있었는데 큰언니는 스기우치杉內雅南 9단과 결혼했고, 둘째인 혼다 사치코는 미혼이었다. 셋째는 바로 구스노키로 나와 바둑을 둔 적이 있는 기사였다.

　낯가림이 비교적 많은 편인 나는 속으로 은근히 걱정을 하고 있었다. 어떻게 찾아가서 무슨 말로 내 마음을 전해야 하나. 무엇부터 해야 할지 엄두가 나지 않았다. 기원에서 바둑을 두고 싶은 간절함이 아니었다면 초면이나 다름없는 이에게 부탁 전화를 걸 수 있는 용기를 내기 어려웠으리라. 나는 1988년 중일 바둑대항전에서 한 번 만났을 뿐인 혼다 사치코에게 전화를 걸었다. 만약 거절하면 어떡하나 조마조마했다. 사실 혼다 사치코가 흔쾌히 그러마고 대답했을 때, 나는 부탁한 처지였음에도 불구하고 잠시 의아한 생각이 들었다. 그러나 그 당시에는 그녀가 나와 동행해준다는 사실만으로도 너무 고마워 그 속에 감춰진 진의를 파악할 겨를이 없었다.

기원에 도착했다. 그런데 분위기가 사뭇 달랐다. 예전에 중국 대표선수로 따뜻하게 환대받던 기억을 떠올리며 기원을 방문한 나는 당황하지 않을 수 없었다. 기원의 이사인 후지사와 가즈나리藤澤一就를 만났다. 후지사와 슈코 선생의 아들이기도 한 그는 슈코 군단을 따라 중국에 온 적이 있었으며 나와 바둑을 둔 적도 있었다. 혼다 사치코가 후지사와 가즈나리에게 말했다.

"루이 씨가 일본에서 바둑을 두고 싶어하는데, 도와줄 수 있는지 좀 알아봐 주시겠어요?"

그러자 후지사와 가즈나리가 내게 공문을 하나 건네며 말했다.

"개인적으로는 정말 도와주고 싶지만, 아무래도 어려울 것 같아요."

그 공문은 중국 바둑협회가 얼마 전 일본기원에 보내온 정식공문이었다. 공문의 골자는 중국 바둑협회에 소속된 기사가 일본에서 일본의 공식전에 참가하는 것을 동의하지 않는다는 내용이었다. 소위 공식전이란 매년 한번 열리는 시합으로, 전통 있는 대회로는 혼인보전 本人房, 기성전, 명인전 같은 대회가 있다. 주관하는 기관과 일본기원의 협약으로 기사의 대국료나 상금 등이 명확하게 규정되며, 비정기적인 속기전 혹은 개인적인 대항전 같은 것은 공식전에 속하지 않았다.

어떻게 이런 일이 있을 수 있단 말인가. 기어이 내 숨통을 끊어놓으려는 심산인가. 나는 공문 앞에서 망연자실 할말을 잃었다. 하늘이 무너지는 심정이 이러할까. 중국 바둑협회에서 이런 공문을 보내리라고는 꿈에도 생각지 못한 일이었다. 실망을 감추지 못하는 내게 후지사와 가즈나리가 말했다.

"그래서 당신이 아무리 시합에 참가하고 싶어도 할 수 없게 되었소. 우리는 중국 바둑협회와의 관계도 고려해야만 하거든요."

그러나 설령 중국 바둑협회의 그런 공문이 없었다 하더라도 일본기원이 나 같은 중국기사, 더구나 여자기사에게 일본에서 바둑을 두게 할 리 없었을 거라는 사실은 이후 일본기원의 처사에 비추어 보아 확연히 깨달을 수 있었다. 일본기원은 내가 일본 프로바둑계에서 활동하게 되면 일본 여자바둑계가 위축될 것을 염려했던 것이다.

몇 년 후에 기회가 한번 찾아왔다. 이미 얘기한 것처럼 일본의 여자기사들이 나를 일본 시합에 참가시킬 것인가를 표결에 부쳤는데, 나중에 알게 된 바에 따르면 한 사람만이 찬성표를 던졌다고 한다. 나는 여자기사이므로 그들이 동의하지 않으면 일본에서 시합에 참가할 수가 없었다.

일본의 정계와 재계의 주요 인물들에게 바둑을 가르치며, 그들과 밀접한 관계를 맺고 있는 이 선배 여자기사들의 영향력은 실로 대단했다. 그러니 그녀들이 반대하면 일본기원 역시 그 의견을 따를 수밖에 없었던 것이다. 훗날 나는 일본의 여자선배들이 내가 일본에서 바둑 두는 것을 반대했을 때 혼다 사치코도 그들과 같은 의견이었다는 사실을 알게 되었다. 아마도 당시 그녀는 내 부탁을 거절하기 미안해서 나를 데리고 갔던 것 같다.

희망을 안고 일본기단의 문을 두드렸지만 그 완고함에 힘없이 돌아설 수밖에 없었다. 이제 일본에서 바둑을 둔다는 것은 불가능해 보였다. 달리 뾰족한 방법이 있을 리 없었다. 우선 공부에 매진하고 생활이 안정된 후에 다시 방법을 생각해보자고 스스로를 달랬다. 내가 일본에서 바둑을 두는 일은 낙타가 바늘구멍 통과하기만큼이나 어렵게 느껴졌다. 비록 시합을 할 수 없었지만 일본기원에는 출입할 수 있다는 점이 다행이라면 다행이었다.

그러나 기원에서 그들이 자유롭게 바둑을 두는 모습을 보다 보니 마음의 평정을 잃고 말았다. 특별히 노력하지 않아도 저들은 바둑을 둘 수 있는데, 이토록 절실하게 원해도 나는 바둑을 둘 수 없다니. 세상의 불공평함과 부당함에 화가 나 2주 동안 바둑을 멀리하기도 했다.

그러나 나는 곧 마음을 고쳐 먹었다. 그들이 어떻게 두든 그것은 그들의 권리다. 이것으로 인해 마음의 평정을 잃어서는 안되며 바둑이 두고 싶다면 끝까지 한번 노력해보자고. 그후로 나는 목요일이면 다시 기원으로 가서 바둑을 보았다. 보통 다섯 판이 열렸는데,

다 외울 만큼 집중해서 봐두었다.

시간은 빠르게 흘러 어느덧 11월로 접어들고 있었다. 바둑에 대한 갈증이 더해만 가던 어느날 나는 한 통의 반가운 전화를 받았다. 중일대항전과 슈퍼대항전을 통해 알게 된 린하이펑 선생에게서였다. 타국에서 선생의 목소리를 듣자 갑자기 목이 메었다. 인사를 나누고, 그간의 소식을 주고받는 가운데 나는 일본에서 바둑을 둘 수 없는 상황에 대해 말씀드렸다. 선생 역시 안타깝게 생각하고 계시다며 내게 한 가지를 제안했다.

"집에서 바둑연구회를 열려고 해. 니우리리, 왕리청, 왕밍완王銘琬, 자오산진趙善津 등 일본에 있는 중국기사들을 불러모아 리그전 형식으로 꾸며볼까 하는데…… 어떠냐, 생각 있냐?"

생각하고 말고가 어디 있는가. 나는 수화기를 든 채 거듭 고개 숙여 감사드렸다. 선생의 한마디는 말 그대로 단비였다. 그 당시 내 마음은 바둑을 둘 수 없다는 절망과 바둑을 두고 싶다는 갈망으로 가뭄 탄 논바닥처럼 갈라져가고 있던 중이었다. 그러니 어찌 고맙지 않을 수 있겠는가.

연구회는 매월 두 번의 모임이 있었는데 매달 둘째, 넷째 일요일에 있었다. 오후 2시에 시작해서 저녁까지 계속되었다. 승률이 높은 사람끼리 바둑을 두는 리그전 형식이었고, 점수는 누계되었다. 누구에게나 똑같이 제한시간 45분에 30초 초읽기가 적용되었다. 일본은 당시 전용으로 시간을 재는 시계가 있어 훨씬 편리했다. "띠—" 하고 길게 소리를 내 5초가 남았음을 알려줬다.

바둑을 다 두고 나면 모두 복기를 하고 기보를 보면서 서로의 생각을 교환했다. 날이 어두워지면 우리는 사모님께서 손수 준비한 저녁상에 빙 둘러앉았다. 사모님은 음식솜씨가 아주 좋았다. 우리가 린 선생 댁에 가는 것은 순전히 저녁을 먹기 위해서라고 말하는 이가 있을 정도였다. 그 푸짐하게 차려진 음식도 젊은 사람들의 식성 앞에서는 순식간에 동이 났다. 온화한 성격의 린 선생 댁에서 나는 고향 집의 편안함을 느꼈다. 오랜만에 맛보는 따뜻함이었다.

슈코 군단

린 선생의 바둑연구회에 참여하는 것 외에 나는 또 후지사와 슈코 선생의 '합숙'에 참가했다. 합숙은 중국의 단체훈련과 같은 것으로 참가자들은 모두 젊은 기사들이었다. 몇 년 동안 슈코 선생은 해마다 젊은 기사들을 조직해서 중국 시합에 참가했는데, 사람들은 그 젊은 기사들을 '슈코 군단軍團'이라고 불렀다

합숙은 매년 여름과 겨울, 요코하마 남쪽에 있는 '유가와라湯河原' 온천에서 열렸다. 내가 일본에 와서 재미있게 본 것 중에 하나가 일본 사람들의 온천사랑이다. 그들은 휴가나 주말을 온천에서 보낼 정도로 온천을 아주 좋아했다. 온천에 도착해 여장을 풀자마자 바로 온천물에 들어가며, 저녁을 먹고 나서도 다시 탕 속에 몸을 담근다. 어떤 경우 하루에도 몇 번씩 물에 들어간다고 한다. 유달리 온천과 목욕문화에 집착하는 그들을 보며 이런 생각까지 들었다.

일본사람들은 경치보다는 그곳에 온천에 있느냐 없느냐에 따라 휴가지를 정하는 게 아닐까. 좀 유별나기는 하지만 문화의 차이라고 생각하니 이해 못할 것도 없었다.

유가와라 온천 부근의 한 여관은 특히 바둑을 두는 장기 여행객들로 붐볐다. 여관에는 수십 명이 함께 바둑을 둘 수 있도록 대국장이 마련되어 있었다. 대국장 기둥에 저명한 기사들이 쓴 글씨가 가득 걸려 있는 것만 보아도 한눈에 바둑과 관계 깊은 여관임을 알 수 있었다.

온천에 가는 도중에도 또 한 가지 재미있는 점을 발견했다. 밥을 먹기 위해 잠시 어떤 곳에 들렀을 때였다. 밥을 다 먹은 뒤 밥값을 내려고 하던 나는 요다가 나서서 모든 참가자의 밥값을 계산하는 행동에 순간 놀랐다. 왜 요다가 다른 사람들의 밥값까지 치러야 하는지 이상하기만 했다. 그런데 보아하니 나 한 사람만 빼고는 모두들 당연하다는 얼굴로 음식점을 나섰다. 그들은 그저 "잘 먹었습니다"라고 간단한 인사를 건넬 뿐이었다.

누군가에게 물어보니 일본에서는 입단이 빠르고 나이가 많은 기사가 돈을 내는 것이 오래 전부터 내려오는, 일종의 전통이라고 했다. 만약 남자기사와 여자기사가 함께 밥 먹으러 가면 반드시 남자기사가 돈을 내는데, 여자기사가 남자기사보다 나이가 아주 많은 경우를 제외하면 입단이 빨라도 마찬가지라고 했다. 그렇다면 웬만큼 바둑을 잘 두는, 따라서 수입이 괜찮은 기사가 아니라면 경제적인 부담이 너무 크지 않을까. 실제로 그렇다고 했다. 그러나 선배 바둑기사가 후배들의 밥값을 모두 책임지는 것이 일본 바둑계의 관습인 만큼 누구도 이에 대해 불평하거나 이의를 제기하지 않는다고 했다. 온천의 경우처럼 선뜻 이해하기 어려웠으나, 이런 순간마다 내가 정말 중국을 떠나 낯선 나라에서 살고 있구나 하는 실감이 구체적으로 다가왔다.

하긴 대국실 모습조차 중국과 일본은 달랐다. 중국의 대국실은 탁자가 길게 놓여 있어서 모두 의자에 앉아 바둑을 두는 데 반해, 일본의 대국실은 기사들이 다다미 위에 앉아 바둑을 두도록 되어 있다. 그래서 바둑을 관전하려면 바둑탁자 옆에 무릎을 꿇고 앉아서 보아야만 했다. 처음에는 어색하고 부자연스러웠다. 모두들 다다미 위에 앉아서 바둑을 두었기 때문에 자세가 낮을 수밖에 없었다.

나는 모두 6, 7차례 합숙에 참가했다. 첫번째 참가 때 나는 슈코 선생에게 직접 전화를 걸어 참가 의사를 밝히며 유명한 바둑기자 교노 히데오京野秀夫까지 초청하고 싶다고 말했다. 슈코 선생은 흔쾌히 들어주셨다. 슈코 선생은 내가 이제 막 일본에 온 상황을 배려해 참가비도 받지 않으셨다. 합숙에 참가하려면 7만 엔이 필요했는데 온천에 도착하자 슈코 선생은 정색을 하고 요다 노리모토를 가리키며 말했다.

"자네가 돈을 내게나."

농담인 줄 알았는데 정말 요다가 돈을 냈다. 선생은 두번째 합숙 때도 요다에게 나 대신 돈을 내라고 했다. 나는 안되겠다 싶어 참가비가 든 봉투를 억지로 요다의 손에 밀어넣었다.

단체훈련 스케줄은 촘촘히 짜여져 있으며 아주 엄격했다. 첫날에는 등록과 선생의 말씀, 자유활동이 있었고, 둘쨋날부터 정식 프로그램이 시작되었다. 오전 9시에서 12시까지 대국을 하고, 한 시간 쉰 후에 다시 4시까지 두 판을 두었고 그후로 두 시간 동안 선생의 강평을 들었다. 저녁식사 후 7시부터 선생의 강평이 다시 이어졌다. 모든 일정을 마치고 나면 9시가 넘는데도 많은 사람들이 자리를 뜨지 않고 계속해서 속기를 둘 만큼 그 열기가 뜨거웠다. 오랜만에 느껴보는 진지함이었다.

거기서는 10초 안에 두는 속기가 유행했다. 시간을 초과하면 지는 거였다. 연습바둑 때에는 10초 안에 두지 않으면 벌칙으로 두 집을 공제하기로 규칙을 정했다. 10초기는 전적으로 감각을 훈련하는 것으로, 바둑 형세를 익숙하게 익혀서 전체대국에 있어 순간적인 예민한 포착력과 판단력을 배양하는 것이었다. 요다 노리모토와 유키 사토시結城聰처럼 기본기가 착실한 사람은 10초기를 잘 두었다. 10초기 같은 속기에 유독 약한 나는 유심히 관전했다.

나는 저녁 9시가 지나도 계속 속기를 두는 사람들 틈에 끼여 있었다. 혹시 바둑을 둘 기회가 더 있을까, 하는 마음에 자리를 쉽게 뜨지 못했다. 그러나 적극적으로 나를 찾아와 바둑을 두는 사람은 많지 않아서 전에 중국에 왔던 기사들인 모리야마 나오키森山直棋나 요코다橫田茂昭와 주로 두었다. 나는 그 기회가 너무 아까워서 보통 1, 2시까지 둔 후에야 잠자리에 들었다. 어느 날인가 요다 노리모토와 유키 사토시가 밤을 새우고도 모자라 다음날 아침까지 바둑을 둔 적이 있었다. 옆에서 줄곧 지켜보고 있던 나는 마치 나 자신이 대국자인 듯 착각에 빠져 여러 가지로 상상하며 머릿속으로 바둑을 두느라 자리를 뜨지 못했다. 새벽 4시까지도 시합이 계속

이어져 잠시 온천물로 정신을 차린 후 다시 관전했다. 그나마 실전 감각을 익힐 수 있는 기회를 놓치고 싶지 않아서였다. 당시 실전이 너무나 부족한 내게 그 합숙은 강도 높은 훈련이 되어주었다.

슈코 선생이 강평하실 때 우리는 뭇별들이 달을 받들듯 선생 앞에 무릎을 꿇고 앉았다. 이 또한 일본 바둑계만의 관습인 듯했다. 이것을 일본에서는 '정좌正坐'라고 했다. 그런 자세는 참으로 견디기가 어려웠다. 나는 30분 정도 견디고 나면 일어나지도 못했다. 의식이 끝나고 진행자가 "편하게 앉으시오"라고 한 후에야 남자는 책상다리를 하고 앉을 수 있었다. 그러나 여자는 책상다리로 앉을 수가 없었고 다리를 옆으로 가지런히 모으고 앉아야 했는데 그렇게 하더라도 자주 자세를 바꿔주지 않으면 견디기 힘들었다. 제아무리 꿇어앉는 것에 익숙한 일본기사라 하더라도 두 시간 앉은 뒤에는 모두 다리를 주물러야 했다.

기사들 수도 너무 많아서 슈코 선생의 강평을 들을 때 앞에 있는 기사들은 모두 무릎을 꿇고 앉았고 중간의 기사들은 무릎을 바닥에 댄 채 앉지는 못했으며, 뒤의 기사들은 서 있었다. 나는 눈이 좋지 않았음에도 대개는 뒤에 서 있어야 했다. 형식에 치중하는 일본의 문화에서 비롯된 것이라 여겨졌다. 하긴 일본사람들은 차 한 잔을 마시는 데도 온갖 예를 다해 의미를 부여하지 않는가. 경건한 분위기가 조성된다는 점은 좋았지만 형식을 좇느라 핵심을 놓치게 되는 건 아닐까 하는 기우도 들었다.

강평의 방식은 보통 제일 잘 둔 기사가 먼저 바둑판 맞은편 자리에 앉아 자기가 그날 두었던 바둑을 선택해두었다. 가끔 누군가가 내가 둔 바둑을 선생에게 좀 봐달라고 부탁하는 경우도 있었다. 슈코 선생은 바둑에 대한 견해와 사고가 아주 예리했다. 선생의 강평을 들으면서 나는 많은 것을 배울 수 있었다. 한 가지 아쉬운 점이라면 규율이 너무 엄격하는 것이다. 요다 노리모토와 모리다 등 몇몇 기사만이 슈코 선생께 강평을 청할 수 있었고 여자기사들은 감히 가까이 가지 못했다. 나 역시 슈코 선생이 지목할 경우를 제외하고 그분 곁에 가까이 가지 못했다. 슈코 선생이 질문을 할 때도 보통 요다 한 사람만 대답을 하고 다른 사람은 물어도 대답하지 않았다. 궁금한 것을 묻는 것이, 혹은 질문에 자신의 생각을 얘기하는 것이 그렇게 큰 무례를 범하는 것일까?

일본바둑계는 중국과 달리 등급에 대한 규칙이 아주 엄했고 그에 따른 행동의 제약이 많았다. 선후배의 분별이 엄격해서 바둑을 둘 때도 우리처럼 대여섯 명이 동시에 대국하거나 심지어 다투기까지 하는 일은 절대 없었다. 그런데 의견을 말하지 않으면 어떻게 다른 사람들의 생각을 알겠는가? 또 남의 얘기를 듣지 않고서 자신의 생각이 객관적으로 옳은지 그른지 어떻게 알 수 있겠는가? 자격이나 서열을 따져 대우를 결정하는 것이 좋은 점도 있지만, 규칙이 엄한 일본 바둑계의 전통이 내게는 낯설고 갑갑하게만 느껴졌다. 중국에서 바둑을 두던 시절이 간절히 그리워졌다. 린하이펑 선생의 집에서 가졌던 바둑연구회에서는 모두들 하고 싶은 말을 자유롭게 할 수 있었는데…….

더군다나 나는 외국인이었기 때문에 슈코 선생이 강평하실 때 더욱 조심해야 할 처지였다. 그러나 한번 궁금증이 생기면 참지 못하는 성미인지라 기어이 묻고 내 의견을 말하곤 했다. "여기서는 날일日 자로 가는 것이 어떨까요?"

기원에서도 나는 이시다 요시오石田芳夫나 고바야시 선생 같은 대선배들과 바둑을 두면서 궁금한 점이 있으면 참지 못하고 질문을 하곤 했다. 무례해서라기보다는 진정으로 그들에게 배우고 싶은 마음이 앞섰던 것이다.

한번은 일본기원에서 고바야시 선생이 혼자서 바둑을 두고 계셨다. 나는 좀 멀찍이 떨어져서 유심히 바둑판을 보고 있었다. 선생은 바둑을 두시다 말고 갑자기 내 의견을 물어왔다.

"네가 보기에 형세가 어떠하냐?"

솔직하게 생각을 말씀드렸더니 선생은 함께 바둑을 두자고 하셨다. 내 생각으로는 내가 외국인이라서 예외적인 경우로 혜택을 누린 건 아니라고 본다. 제자들이 고바야시 선생에게 질문을 던진다면 과연 그분은 불쾌해하며 제자들을 내치실까? 일본 기사들은 해보지도 않고 으레 그래야 하는 것이라 생각해 자신의 틀에 갇혀 좋은 기회를 잃고 있는 것은 아닐까? 물론 국외자인 내가 왈가왈부할 입장은 아니지만 배움에는 용기가 필요한 법이다. 선생에게 가르침을 청하는 것이 내게도 쉬운 일은 아니었다.

그후에도 3, 4년은 계속 합숙에 참가했다. 1991년에는 7연승을 거두며 우승해 상금 10만엔을 받는 기쁨도 누렸다. 슈코 선생의 합숙은 강력한 흡인력으로 그 당시 일본의 젊은 바둑기사들에게 큰 영향력을 발휘했다.

슈코 군단을 따라 합숙을 가면 나는 잠자는 시간마저 아까웠다.

일본기원 제도는 중국과 달라서 기사가 출근할 필요가 없었고 각자 스스로 관리하다가 시합이 있으면 참가하면 됐다. 그러니 시합도 나갈 수 없고, 많은 사람과 함께 연구하고 바둑을 둘 수 있는 기회도 평소에 얻기 어려운 내게 슈코 선생의 합숙은 그나마 숨통을 틔워주는 소중한 기회일 수밖에 없었다.

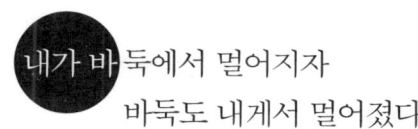

내가 바둑에서 멀어지자
바둑도 내게서 멀어졌다

일본에 온 지 1년이 지날 즈음 나는 심각한 슬럼프에 빠졌다. 공부하고, 바둑레슨으로 생활비를 벌면서 정신없이 지내다 보니 늘 피곤했고, 시간은 언제나 부족했다. 게다가 바둑을 둘 기회도 많지 않았다. 일본 생활에 처음 적응을 해나갈 무렵에는 집으로 돌아와서도 겨우 알람 시각을 맞추고는 곧바로 곯아떨어지는 날이 많았고, 알람 소리를 놓치고 내처 자는 바람에 아침 시간엔 늘 허둥지둥하곤 했다. 그래선지 중국 유학생들 대부분은 자명종 시계를 몇 개씩 가지고 있었다. 시계를 여러 개 구입할 경제적인 여유가 없던 나는 한 가지 묘안을 짜냈다. 나는 알람이 한번 울리면 스위치를 누르는 대신 다시 시간을 맞춰놓은 후에 서서히 잠을 깬 다음 알람을 들으며 자리에서 일어났다.

요코하마 YMCA 학원은 집에서 꽤 멀어 가는 데만도 꼬박 한 시간 반이 걸렸다. 어학전문학교였는데 특히 영어로 명성이 높았다. 일문과는 등록 전에 일본어 수준을 테스트하는 시험을 치른 후 실력에 따라 반을 배정했다. 나는 4반에 배정되었는데 제일 잘하는 반은 6반이었다. 그 당시 내 일본어 실력은 일상적인 간단한 회화를 할 수 있는 정도였고, 알고 있는 단어들도 모두 바둑에서 쓰이고 또 필요한 단어들에 집중되어 있었다.

하지만 그 시절 나를 어렵게 했던 건 일본어보다 일본의 지하철이었다. 학원에서 돌아올 때 나는 요코하마 역에서 전차를 갈아탔다. 일본은 지하철이 발달돼 있는 만큼 복잡하기 이를 데 없었다. 특히 외국인들은 거미줄처럼 방사형으로 촘촘히 설계된 지하철 안에서 길을 잃기가 십상이었다. 요코하마 역 또한 많은 노선이 각지를 향해 뻗어 있는 큰 역에 속했다. 나는 9호선과 한 플랫폼에 있는 10호선을 타고 다녔다. 전차가 오기 전 골똘히 생각에 잠겨 플랫폼을 걷다가 전차가 곧 도착한다는 방송을 들었다. 나는 전차를 타기 위해 모여든 사람들 틈에 휩쓸려 전차에 올랐다.

그런데 한 시간쯤 지났을까, 어림짐작으로도 후나바시에 도착할 때가 되었는데 아무리 귀를 기울여도 방송에서 역 이름이 나오지 않는 거였다. 영문을 모른 채 미적거리고 있는 사이 전차는 종점까지 와버렸다. 그제서야 나는 뭔가 잘못됐음을 알았다. 직원에게 이 전차가 어디 행이냐고 묻자 그는 내게 어디로 가냐고 되물었다. 요코하마에서 차를 탔으며 후나바시에 가려 한다고 말했다. 그러자 그는 내가 후바나시 반대방향으로 왔다며 이 전차를 다시 타고 가면 된다고 알려줬다.

뭐가 뭔지 정말 헷갈렸지만 우선은 그 직원이 일러준 대로 얌전히 전차에 올랐다. 그리고 무사히 집으로 돌아올 수 있었다. 나중에 친구들에게 이 얘기를 했더니 자신들도 한번씩 경험한 일이라며 웃었다. 그래도 졸다가 역을 지나치는 일은 없었다. 사실 바둑지도와 학원 수업을 병행해야 하는 나는 언제나 잠이 부족했다. 그 모자라는 잠은 전철 안에서 충당할 수밖에 없었다. 그런데 신기하게도 방송에서 내가 내리려는 역 이름이 나오면 세상 모르고 졸다가도 총알이 튕겨나가듯 벌떡 일어서게 되는 것이다.

공부와 생계를 병행하기는 힘에 부쳤지만 계속 버텨나갔다. 마음속으로는 언제나 일본에서 정식으로 바둑시합을 할 기회가 오기만을 고대했다. 그런데 언제부턴가 기보를 펼쳐보는 시간이 사치가 될 만큼 내 생활은 점점 바둑과 멀어져갔다. 그러나 정작 염려스러운 문제는 기보를 볼 시간이 없다는 것보다는 기보를 보면서도 집중할 수 없다는 데 있었다. 기보는 기보, 나는 나일 뿐 아무 느낌이 없었다. 나와 기보 사이에 흐르던 공감을 느낄 수 없었다. 아마도 에너지를 바둑이 아닌 다른 일에다 쏟고 있기 때문인 것 같았다. 내가 바둑에서 멀어지자 바둑도 나에게서 멀어졌다.

어느 날 요다가 불쑥 나에게 말했다.

"계속 이렇게 가다간 네 바둑은 끝장이야!"

그의 한마디는 나의 안일함에 가차없는 일격을 가했다. 나는 머리를 얻어맞은 듯 한동안 정신을 차릴 수 없었다. 왜 이렇게 된 거지? 어디서부터 잘못된 거야? 물론 나는 일본에서 좋은 분들을 많이 만났고, 덕분에 생활의 안정을 얻었지만 정작 내가 원하는 것은 얼을 수 없었다. 정식시합에 참가하는 것은 말할 필요도 없고 바둑책을 보는 시간조차 보장할 수 없었다. 칼집 속에서 녹슬어가는 칼처럼 내 감각은 무뎌져갔다. 이대로 있다가는 정말 요다의 말처럼 내 바둑인생이 끝장날 것이라는 불안감이 현실로 다가왔다.

이제는 바둑지도로 생활을 유지할 수 있었고, 일본어도 꾸준히 공부한 끝에 해외에서 일본어를 가르칠 자격이 주어지는 1급자격증도 취득했다. 문제는 역시 바둑이었다. 바둑을 보면서도 아무런 느낌조차 가질 수 없는 이런 생활이 도대체 언제까지 계속될지 나 자신도 알 수 없었다. 이렇게 희망도 없고 끝도 없고 출구가 보이지 않는 삶은 내가 원하던 것이 아니었다.

그래도 처음에는 희박하나마 희망의 끈을 놓지 않고 있었다. 일본측의 상황을 잘 파악하지 못했던 나는, 혹시나 하는 기대를 버릴 수가 없었다. '그래, 지금 당장은 아니더라도, 나중에는 언젠가 내가 바둑을 둘 수 있도록 선처해줄 거야. 조금만 참고 기다려보자.'

그러나 기다림의 시간이 길어질수록 희망은 점점 줄어만 갔고, 결국 막다른 골목에 이르고 만 것이다. 출구는 보이지 않았다. 바둑 이외의 것들에 너무 힘을 낭비하고 있다는 자책도 들었다. 우선 도쿄로 이사를 결심했다. 당시 나는 후나바시에 살았는데 바둑과 관련된 활동은 대부분 도쿄에서 이루어졌으므로, 길에서 시간을 많이 허비했다. 도쿄에서도 기원과 가까운 곳에 방을 얻었다. 그리고 옹색하나마 방 한 칸을 바둑방으로 만들어 중국의 친구들과 연구회 모임을 만들었다.

그래 노력해보자! 내가 살 길은 바둑밖에 없으니까. 부모 형제가

있는 중국을 떠나 혈혈단신으로 일본에 온 것도 오로지 바둑을 둘
수 있으리라는 한 가닥 희망 때문이었으니까. 그때부터 나는 전차
에서도 '사활문제'를 들여다보았다. 죽었다 사는 것은 바둑밖에
없다지 않는가. 사활의 가변성과 바둑 승부의 특성 때문에 생겨난
이 말을 되새기며 나는 하루라도 빨리 슬럼프에서 벗어나려고 애
썼다.

바둑을 둘 수 없다는 것 외에 나를 괴롭히는 또하나의 문제는 바
로 주주와 멀리 떨어져 있어야 하는 것이었다. 우리 사이에 편지와
전화통화가 끊어진 적은 없었다. 자명종 두 개 사는 것은 아까워하
면서 전화비는 아까운 줄 모르고 썼다. 며칠 그와 통화를 하지 못하
면 바로 얼빠진 사람이 되고 말았다. 그러나 너무 멀리 떨어져 있었
고 언제 만날 수 있을지 기약조차 할 수 없었다.

피로, 암담, 절망 이것이 바로 일본에서 첫해를 보내는 심정이었
다. 어떤 때는 참지 못하고 자문하곤 했다. 내가 원하는 것을 정말
얻을 수 있을까? 이렇게 힘이 드는데 왜 여기에서 계속 버텨야 하
는 거지? 이유는 명료했다. 다시 프로선수로 돌아가는 것과 주주와
함께 있고 싶은 소망을 이루기 위해서. 내가 바라는 것은 거창한 것
들이 아니었다. 단지 바둑을 두고 싶고, 주주와 함께 있고 싶을 뿐
이었다. 이것이 그렇게 이루기 어려운 꿈이란 말인가.

답이 나오지 않는 상황을 겪으면서 무척 힘들었지만, 그 덕분에
오히려 나는 이것 한 가지는 분명히 깨달을 수 있었다. 내 인생에서
바둑이 갖는 의미가 어느 정도인지를. 만약 누군가 내게 천국과 지
옥을 가르는 기준이 무엇이냐고 물어온다면, 아마도 내 대답은 이

러할 것이다. 아무리 지옥 같은 곳이라도 바둑을 둘 수 있으면 내게
는 천국이고, 아무리 천국 같은 곳이라도 바둑을 둘 수 없으면 내게
는 지옥이라고.

나의 스승 우칭위안

    드디어 우칭위안 선생(吳淸源, 일본 바둑사의 한 시대를 풍미한 중국 출신의 기사. 1914년 중국 복건성에서 출생. 14세에 일본으로 건너가 세고에 겐사쿠의 문하에 들어간 후 급성장했다. 1933년 기타니 미노루와 함께 신포석을 창안하여 일대 선풍을 일으키면서 당시의 강자들을 10번기로 모두 굴복시키고 일본 바둑계를 석권한 전설적인 인물이다. 현대의 기성으로 불리며 그의 새로운 정석은 바둑의 새 지평을 열었다—편주)에 대해 얘기할 순간이 왔다. 쉽게 끝날 것 같지 않은 슬럼프에서 벗어나게 해주신 고마운 분, 내 마음속의 스승.

    언젠가 한 바둑모임에서 나는 현대의 기성棋聖으로 불리는 우칭위안 선생의 매니저인 데라모토 씨를 우연히 만난 적이 있었다. 그런데 어느 날 갑자기 데라모토 씨가 나에게 전화를 걸어 우 선생을 뵈러 가자고 했다. 우 선생의 바둑경험을 비디오 테이프로 만들어 아마추어들에게 제공하는 문제를 상의하기 위해서였다. 선생이 그 상대로 나를 추천했다고 했다. 나는 소풍날을 기다리며 잠을 설치는 아이처럼 그날이 빨리 오기만을 고대했다.

바둑을 두기 시작하면서 내게는 많은 스승이 있었다. 가장 가깝게는 바둑을 처음 가르쳐주신 아버지가 계시고, 바둑 훈련반의 요우 선생, 시대표단과 국가대표단에서 만난 여러 선생님들 그리고 일본에 와서도 린하이펑 선생과 슈코 선생께 바둑에 관한 가르침을 받아왔다. 그러나 직접적인 가르침을 베풀어주신 스승 외에도 내겐 마음속의 스승이 있다. 바로 우칭위안 선생이다.

선생과의 만남은 아주 어린 시절로 거슬러 올라간다. 처음 선생을 만난 건 책을 통해서였다. 바둑을 배운 지 얼마 되지 않아 나는 내 마음속에 바둑에 대한 열정을 심어준 책, 지금도 꺼지지 않는 밑불처럼 언제나 내 마음속에서 바둑에 대한 열정을 지피고 있는 책을 한 권 만나게 되었다. 우칭위안 선생의 『흑포석黑布局』과 『백포석白布局』. 그 당시 바둑책이 얼마나 귀했는지는 내 손에 들린 책의 상태로 짐작할 수 있다. 얼마나 많은 사람들이 펼쳐봤으면 이토록 낡고 해졌을까. 하긴 나 또한 그 책을 보고 또 보고 수없이 반복해서 봤다. 봐도 봐도 질리지 않았다. 비록 그 시절의 내가 이해할 수 있는 부분은 많지 않았지만, 지금도 내 머릿속에는 그때 익혔던 바둑형세가 또렷이 각인되어 있다.

나와 동생은 그분이 얼마나 대단한 분인지 알지 못한 채 무조건 그 책에 쓰여 있는 대로 따라 했다. 시간이 흐른 후에 비로소 나는 우칭위안이라는 이름이 바둑계에서 얼마나 높고 빛나는 신성과 같

나의 스승 우칭위안 선생님, 언제나 힘이 되어주신다.

은 존재인지 알게 되었다. 그리고 그때부터 내 마음속에는 그분을 한번이라도 뵙고 싶은 마음이 자리하게 되었다.

국가대표팀에 있을 때 처음으로 선생을 뵐 수 있는 기회가 있었다. 선생이 중국 바둑팀에 와서 바둑강의를 한다고 했다. 그러나 나는 선생을 뵙지 못했다. 대회에서 좋은 성적을 얻은 뛰어난 기사들에게만 자격이 주어졌기 때문이다. 어렵게 우 선생님의 바둑강의 시간이 만들어졌는데 어째서 모두에게 기회를 주지 않는 것일까? 너무 실망한 나머지 나는 내 실력을 탓하기 이전에 지도자를 원망하지 않을 수 없었다.

1984년, 드디어 나는 선생을 만날 수 있었다. 제2회 중일 슈퍼대항전의 여자 선봉으로 일본에 가서 시합을 치렀을 때 일본 여자 선봉 구스노키와 바둑을 두고 나자 《요미우리 신문》의 기자 한 분이 우칭위안 선생을 만나러 가는데 함께 가지 않겠느냐고 물었다. 나는 뛸 듯이 기뻤다. 얘기를 나누지는 못했지만 처음으로 먼발치에서나마 고수의 풍모를 접할 수 있어 기뻤다. 그 당시 선생은 각 방면의 최정상 고수와 일일이 10번기로 겨루었는데, 그들을 전부 물리쳐 일본 바둑계를 진동시켰다. 그런 그분을 드디어 가까운 거리에서 뵙게 되는 것이니 내 설렘과 흥분은 당연했다.

선생은 동경의 요츠야四谷에 위치한, 안팎으로 소박함이 물씬 풍기는 아담하고 정갈한 집에 살고 계셨다. 대문을 들어설 때 두렵고 불안했다. 오래 전부터 존경해오던 대가를 만난다고 생각하니 흥분되어 심장이 계속 두근두근 뛰었다. 훗날 우 선생의 대문이 후배기사인 나를 향해 활짝 열리게 될 줄은 꿈에도 생각지 못했다.

우 선생은 우리보다 먼저 와 있던 허커창 단장과 이야기를 나누고 계셨다. 나는 긴장해서 말문이 열리지 않았다. 그저 쭈뼛거리며 선생의 자서전 『이문회우以文會友』를 중국어 번역본으로 읽은 적이 있다고 했다. 생각지도 않았는데 선생은 책꽂이에서 일본어로 된 원본을 꺼내시더니 내게 건네주셨다. 과분한 대접에 놀라기도 하고 기쁘기도 했다. 베이징에서 상하이로, 상하이에서 일본으로, 일본에서 미국으로 기약없이 떠도는 생활을 하면서도 나는 이 책을 보며 힘을 얻곤 했다. 미국에서 한국으로 올 때도 나는 당연히 이 책을 챙겼다.

그 당시 바둑인들은 우 선생의 새로운 사상을 '21세기의 바둑'이라고 부르기 시작했다. '21세기 바둑'이란 20세기 바둑에 대한 상대적인 명칭이었다. 선생은 새로운 사고를 열어 더 높은 지점에 서서 전체적인 판국으로 바둑을 봄으로써 바둑의 조화를 연구해내야 한다고 생각했다. 이처럼 새로운 안목으로 바둑을 바라보고, 전체의 균형을 생각하는 철학인 '육합六合'을 바탕으로 세워진 선생의 사고를 일컬어 '21세기의 바둑'이라고 한다.

바둑 팬들은 '21세기의 바둑'이 도대체 어떤 내용을 담고 있는지 알고 싶어했다. 나 또한 무척이나 궁금했는데, 이렇게 기회가 빨리 오게 될 줄은 몰랐다.

21세기 바둑

우칭위안 선생의 오랜 바둑 체험이 담기게 될 비디오 테이프는 주제별로 한 시간 분량으로 만들 예정이었다. 한 달에 한번씩 촬영하며 매번 두 개를 만들어 회원들에게 부쳐준다는 것이다. 당연히 회원들의 회비로 운영되는 것이었다. 테이프는 아마추어 강호들이 받아들일 수 있고 프로선수들에게도 도움이 되는 수준으로 찍을 것이라고 했다. 촬영을 하려면 파트너가 한 사람 필요한데 선생이 그 일을 나에게 맡겨주신 것이다.

내가 일본에 온 후 가장 감격스럽고 흥분되는 소식이었다. 나는 내 귀를 의심했다. 일본에 온 후 나는 사실 줄곧 선생을 찾아뵙고 싶었지만 감히 그렇게 하지 못했고 또 어떻게 연락을 해야 할지도 알 수 없었다. 그런데 선생이 먼저 나를 부르시다니 그저 감격스러울 뿐이었다.

비디오 테이프는 1992년 우 선생 댁에서 처음으로 촬영을 시작했다. 사실 사전에 이미 촬영내용을 다 알고 있었는데도 그날 나는 지나치게 긴장했다. 선생과 내가 바둑을 두며 연구하는 과정을 카메라에 담을 때 선생이 먼저 나에게 간단하게 설명을 하고, 나 역시 적절한 기회에 질문을 던져 선생의 생각을 끌어내는 것이었다. 해결이나 판단이 어려운 곳에서 몇 마디 물어보는 것이다. 어쨌든 회원들이 이해할 수 있도록 해야 했다. 보기에는 아주 간단했지만 질문을 던질 적절한 타이밍을 찾기란 쉽지 않았다. 등줄기를 타고 땀이 흘렀지만 여전히 입을 열지 못했다. 처음부터 지켜보던 데라모토 씨는 끊임없이 나에게 손동작을 보내어 질문을 유도했다. 얼마나 지났는지 모른다. 나는 마침내 용기를 내어 물었다.

"선생님, 여기에서 만약 이렇게 간다면 어떻게 될까요?"

처음이 힘들지 한 번 말문이 트이자 나중에는 말이 점점 많아졌다. 몇 번 찍다 보니 나도 어느 정도 자연스럽게 진행할 수 있었다. 내가 이해할 수 없는 부분을 만나면 간단히 "하이"로 끝마치지 않고 의문을 제기한 덕분에 회원들로부터 칭찬도 들을 수 있었다.

"루이 씨의 질문이 상당히 날카롭습니다. 루이 씨가 질문을 잘하니까 우 선생님이 자세한 해설을 하게 되고 보는 이의 흥미를 더할 수 있는 것 같습니다."

그들의 평가는 나를 더욱 신나게 했다. 그러나 그들이 모르는 것이 있다. 사실 선생은 나를 가르치기 위해 더 많은 방안을 내셨기 때문에 실제적으로는 내가 배우는 것이 더 많았던 것이다. 보람이 큰 일인 만큼 어깨도 무거웠다.

비디오 테이프의 위력은 엉뚱한 곳에서도 나타났다. 일본 NHK 방송사의 미나가와源川洋夫 선생에게서 NHK의 바둑프로에 출연해 3개월간 바둑해설을 맡아달라는 요청을 받은 것이다. 이 프로는 매주 일요일 12시에 25분간 방송되었다. NHK방송사가 일본기원의 기사도 아닌 나에게 이런 요청을 해온다는 것은 쉬운 일이 아니라고 생각했다. 게다가 나는 여자기사 아닌가. 아마도 우칭위안 선생과 촬영한 비디오 테이프 영향이 컸다는 생각이 들었다. 그러나 그건 정식 바둑해설이 아니었기에 무슨 이야기를 해야 할지 몰랐다. 내 심정을 미나가와 선생에게 솔직히 말씀드렸더니 선생은 오히려 기존의 바둑해설에서 벗어났으면 좋겠다고 말씀하셨다.

"다른 사람이 했던 것과는 다른 프로그램을 만들어야 합니다. 이것이 우리가 당신에게 요청한 목적입니다."

그래도 나는 선뜻 결정을 내리지 못했다. 이런 강좌는 보통 초보자를 대상으로 한다. 내가 바둑 초보자에게 설명을 잘할 수 있을까, 하는 걱정이 앞섰다. 나보다 더 잘할 수 있는 사람이 있을 텐데. 그러나 그들과 다른 나만의 특색을 살리면 못할 것도 없다는 생각이 들었다. 실전경험이 풍부하고, 일본에서 우칭위안 선생의 바둑해설을 들을 수 있는 몇 안되는 사람이라는 점이 자신감을 주었다. 나는 나의 실전경험과 우 선생의 바둑구상을 결합시키기로 했다.

그런데 모두들 열심히 준비하는 과정에서 한 가지 변수가 등장했다. 데라모토 씨가 나에게 무심코 건넨 말 한마디 때문에 하마터면 일이 성사되지 않을 뻔했다. 그는 일본사람들이 의상에 민감한 편이기 때문에 해설할 때마다 매번 옷을 갈아입는 게 좋을 거라고 했다. 물론 내게 도움을 주고 싶은 마음에서 나온 말이라는 걸 알았지만, 나는 그 이유 때문에 갑자기 그만두고 싶어졌다. 프로그램을 위해 상점을 찾아다니며 적합한 옷을 찾아야 한다는 것은 내게 두렵고 골치 아픈 일이다. 주주는 나에게 이런 프로를 맡을 수 있는 기회는 절대 쉽게 오지 않으며, 더욱이 외국인으로 그런 기회를 얻을 수 있다는 것은 더욱 드물다고 말했다. 그러나 나를 잘 알고 있는 사람이어선지 굳이 강요하지는 않았다.

그런데 정작 미나가와 선생과 이야기를 나눌 때에는 그 말이 입에서 떨어지지 않았다. 나는 중국의 시합에 참가해야 되기 때문에 일정상 어려울 것 같다는 구실을 내세웠다. 대회 일정은 수시로 결정되므로 촬영일정에 잘 맞출 수 있을지 모르겠다고 했다. 꼭 둘러댄 핑계만은 아니었다. 상황이 분명 그럴 수 있기 때문이다. 그런데 미나가와 선생이 "걱정 마십시오. 우리는 기다릴 수 있습니다. 시간이 있을 때 우리에게 알려주십시오" 하고 말하는 바람에 다시 말을 꺼낼 수가 없었다. 나는 어떻게 의상 문제를 상의해야 할지 고민하기 시작했다. 나는 기회를 봐서 매번 의상을 갈아입어야 하는 것이냐고 물었다. 미나가와 선생은 시원하게 답해주었다.

"어떤 사람은 매회 옷을 갈아입어야 한다고 하는데, 제 생각에는 그럴 필요까지는 없다고 생각합니다. 특히 당신은 다른 해설자와 달리 여자 바둑기사로서 바둑해설을 하는 것이니, 의상에 크게 신경쓰지 않아도 됩니다. 한두 번 정도 갈아입으면 되겠죠."

그 말을 듣고 안심이 되었다. 그제야 의상고민이 말끔히 사라진 것이다.

강좌는 전부 일본어로 진행됐는데 촬영은 아주 순조로웠다. 조수는 와세다早稻대학의 교수 시후카와白川正芳 선생이었다. 나는 내 실전경험과 우 선생의 바둑구상을 최대한 살려 바둑을 두고 해설했다. 방송이 나간 후에는 이 모든 과정이 교재로 만들어져 NHK의 바둑잡지에 실렸다. 다행히 시청자들로부터 신선하다는 반응을 받았고 우 선생의 최신 바둑구상 또한 사람들 사이에게 큰 반향을 불러 일으켰다.

우 선생의 관문제자가 되다

비록 일본에서 나는 자유롭게 바둑을 둘 수 없었지만, 우칭위안 선생을 만나 오랜 슬럼프에서 벗어날 수 있었을 뿐만 아니라 선생의 제자가 되어 많은 사람들의 부러움을 샀다.

데라모토 씨는 우 선생이 대외적으로 항상 나를 자신의 제자라고 한다는 것을 나에게 알려줬다. 선생에게 가르침을 받기 때문에 사제지간이라고 할 수도 있었지만 선생께서 다른 사람들에게 직접 그렇게 말씀하셨다는 것은 더할 수 없는 영광이었다. 우 선생이 한 신문사와 한 인터뷰에서도 확인할 수 있었다. 잠시 중국에 갔을 때 션궈쑨沈果孫 선생에게 이 일을 말씀드리자 션 선생이 물었다.

"정식 절차를 밟아 스승으로 모신 것이냐?"

나는 어리둥절했다. 그러자 션 선생이 내게 조언을 해주었다.

"의식을 치르는 게 아무래도 좋을 것 같다. 그렇게 하면 좀더 확고한 관계가 될 것이고, 사람들도 의심 없이 인정하게 될 거야."

일본으로 돌아와서 나는 사모님께 그 일을 상의했다. 사모님은 "별 문제 없을 거야. 내가 선생님께 물어보지" 하시곤 바로 나에게 알려주셨다. 선생은 그 일을 흔쾌히 받아들이시면서 이렇게 말씀하셨다고 했다.

"뭐 어려울 것 없지. 그럼 이제 우리는 한가족이 된 건가? 딸이 하나 더 생겨 기쁘군."

우리는 의식을 어떻게 치러야 하는지 몰랐기 때문에 여기저기서 자문을 구했다. 린하이펑 선생 역시 이 일에 많은 관심을 보이시며 여러 가지로 도움을 주셨다.

1993년 12월 6일 오전, 새로 지은 한 프랑스 식당에서 사제의식을 거행했다. 우 선생은 중산복과 비슷한 옷을 입으셨고 나는 빨간색의 슈트를 입었다. 나는 촛불을 켜고 우 선생과 사모님께 공손히 세 번 절했다. 린하이펑 선생 부부와, 데라모토 씨, 유명한 바둑작가 에자키江崎誠致 선생, 또 일본에 있는 친구들인 니우리리와 마야란, 장쉬엔 등이 증인으로 참석해 축하해주었다.

꿈만 같았다. 선생을 마음 깊이 존경하면서도 내가 우 선생을 스승으로 모시는 일이 이렇게 현실로 이루어지게 될 줄은 꿈에도 생각지 못했다. 그 당시 여론에서는 내가 우 선생의 정식제자가 된 일을 두고 일대 사건으로 추어올리며 한바탕 법석을 떨었다. 그러나 나는 정식이든 뭐든 우 선생의 제자가 될 수 있다는 것만으로도 행복했다.

일본에 온 후 나는 많은 좌절을 겪었고, 바둑을 둘 수 없다는 것에 대해 전전긍긍했었다. 그러나 이제 우칭위안 선생을 스승으로 모실 수 있게 된 것, 단지 이것만으로도 내가 일본에 온 의미를 찾을 수 있었다.

선생은 은퇴 후에도 여전히 매일 여섯 시간씩 바둑을 두신다는 얘기를 들었다. 만약 일이 있어서 그 시간을 채우지 못하는 날이면 다른 시간에 보충할 방법을 생각하셨다. 선생의 바둑에 대한 이러한 집념은 정말 본받아야 할 점이다. 비록 제1선에 계시지도 않고 연세도 많았지만 여전히 생각이 민첩했고 다른 사람의 구속뿐만 아니라 자기자신의 구속으로부터도 자유로우셨다. 우리가 바둑을 둘 때 선생은 종종 이 형상이 좋다고 말씀하셨다가 또 시간이 좀 흐른 후에 심사숙고를 거치게 되면 아무래도 저 형상이 좋다고 말씀하셨다. 형상에 대한 견해가 항상 바뀌는 것으로 보아 선생은 한시도 연구를 게을리하지 않는다는 사실을 짐작할 수 있다. 그런 선생 앞에서 나는 항상 부끄러울 수밖에 없었다. 나는 때때로 선생 댁을 나가면서 바로 전에 둔 바둑을 전부 잊어버리기 때문이다.

내가 선생께 받은 가장 큰 가르침은 바둑의 경지를 한 단계 끌어 올린 것이라 말할 수 있다. 중국에 있을 때 나는 포석이 좋지 않았음에도 불구하고 사람들은 내 바둑을 평할 때 '아주 완강하다'는 표현을 쓰곤 했다. 언뜻 들으면 칭찬처럼 들릴 수도 있지만, 바꾸어 말하면 전반의 형세가 좋지 않아 후반은 그저 열심히 각종 방법을 찾아 바둑을 이기려 하는 것이라 말할 수도 있는 것이다. 완강하다는 것이 나쁜 것은 아니지만 '언제나' 혹은 '아주' 완강하다는 것은 바둑의 전반부에 문제가 있다는 것을 의미한다. 나는 우 선생의 배석(바둑의 배석은 전투대형이므로 호응관계가 중요하며, 다음 착수를 선택하는 중요한 배경이 된다—편주)이론과 대국관(대국자가 반상의 전면 진행상태를 파악하고 형세 등을 관찰 분석하여 그것에 걸맞는 방침이나 작전 등을 세우는 능력—편주)에서 많은 것을 배웠고 실전에 직접 사용해볼 수도 있었다.

나는 잉창치배와 취옥배 세계여자바둑대회에서 두칸높은걸침 (걸침형의 하나로 상대의 귀 착점에 대하여 두칸 사이를 두고 제4선상에 높게 걸친다. 박력은 덜하지만 경쾌하며 대개 외세를 꾀하기에 알맞은 수법이다—편주)을 썼다. 우 선생은 사람들이 두칸높은걸침에 대한 갖고 있는 고정관념을 깨고 자신만의 새로운 해석을 내렸는데, 나는 직접 그것을 응용하여 여러 차례 이길 수 있었다. 또한 선생은 나의 사고를 열어주었다. 대국관에 대한 생각이 부족하고 포석의 기본기가 착실하지 않았던 나는 선생의 지도로 많이 발전했다. 애석한 것은 나의 시합기회가 너무 적다는 점이었다. 만약 내가 그 당시 일본에서 프로기사로 활동했다면 좀더 실력을 발휘할 수 있었을 것이다.

1992년 7월, 제2회 잉창치배가 도쿄에서 열리게 되었을 때 우 선생은 내가 잉창치배에 참가하게 되었다는 소식을 듣고 나에게 말했다.

"비디오를 찍으러 올 때가 아니라도 자주 들러라."

잉창치배를 앞두고서 나는 매주 가다시피 했다. 선생은 시합에서 응용할 수 있을 만한 작전을 가르쳐주시면서 늘 입버릇처럼 말씀하셨다.

"만약 네가 이것을 쓸 줄 알면 고바야시도 두렵지 않다."

어느 날은 고바야시 대신 조치훈을 거론하시기도 했다. 고바야시와 조치훈은 당시 일본의 최강 바둑기사들이었다.

한번은 내게 신선한 과일이 생겼다. 과일을 보자 선생 생각이 났다. 전화를 걸었지만 받는 사람이 없었다. 그래도 혹시 선생이 집에 계실지도 모른다고 생각했다. 집으로 걸려오는 전화 대부분은 사모님이 받았고, 사모님이 외출하시고 혼자 계시더라도 선생은 전화를 잘 받지 않는다는 것을 알고 있었기 때문이다. 일본에서는 친구 집에 갈 때 반드시 선약을 한 뒤에 가는 것이 예의라는 것을 알고 있었지만 마침 선생 댁 근처에서 볼일도 있고 해서 나는 결례를 무릅쓰고 선생 댁으로 발길을 옮겼다. 벨을 누르자 선생이 직접 문을 열어주셨다. 어떻게 생각하실지 몰라 안절부절못하고 있었는데 선생은 다행히 기쁘게 반겨주셨다.

"마침 잘 왔다. 내가 또 몇 가지 수를 생각해냈는데 너와 연구를 하고 싶었다."

선생과 오랫동안 바둑을 두다보니 내가 온 원래 목적을 까맣게 잊어버리고 말았다. 자리에서 일어설 때가 되어서야 과일을 내놓았다.

"이후에는 어제든지 오고 싶을 때 와라. 전화할 필요도 없어. 어쨌든 전화해도 나는 받지 않을 테니까."

1993년 에자키 선생의 주선으로 중국을 방문했을 때였다. 에자키 선생은 우 선생과 사모님 그리고 내가 동행해서 창장을 따라 내려가며 지도하고 해설해주기를 부탁해왔다. 하루는 갑판 위에서 작가들과 한담을 하던 중에 나는 내가 문학을 좋아하며 싼샤에 관해서도 글을 쓴 적이 있다고 말했다. 그러자 이토 부인이 마침 그때 우리 옆으로 다가온 우 선생에게 말했다.

"우 선생님, 루이 씨도 글쓰기를 아주 좋아한다고 해요. 그래서 우리가 도울 테니 더 많이 쓰라고 했어요."

그녀는 그냥 좋은 뜻에서 한 말이었는데 그 말을 들은 선생은 점차 얼굴이 굳어지더니 마지막에는 나를 뚫어지게 쳐다보시며 말씀하셨다.

"쓰지 마라, 쓰지 마. 너는 바둑을 두어야지!"

선생은 이토 부인의 말을 오해한 듯했다. 그러나 곧 스스로를 위로하듯 다시 나에게 말했다.

"뭐 상관없다. 나는 네가 바둑을 얼마나 좋아하는지 알고 있으니. 너는 여전히 바둑을 둘 거야."

그 말을 들은 나는 당장 선생 앞에서 큰소리로 다짐해서 오해를 풀어드렸다.

"선생님 , 안심하세요. 저는 바둑을 계속 둘 겁니다. 다른 일 때문에 바둑을 포기하는 일은 절대로 없을 거예요."

선생과 나는 종종 속기를 두었다. 선생은 전반의 감각이 아주 좋았고 바둑의 형상과 방향에 대해 높은 경지까지 이해하고 계셨다. 나는 그의 사고를 따라가지 못했다. 항상 50수가 되면 선생은 말씀하셨다.

"더이상은 안되니 빨리 돌을 던져라."

그러나 나는 쉽게 포기하지 않고 계속 버텼다. 계속 하다 보면 기회가 올 수 있었고, 선생이 부주의하는 틈을 타서 몰래 그의 돌 하나를 먹을 수 있었다. 처음에는 나 혼자서 바둑을 두어 선생께 보여드렸는데, 나중에는 고바야시 고이치, 조치훈 등의 최신 기보를 가지고 와서 선생께 보여드렸다. 선생은 자신의 연구에 대해 분명했을 뿐 아니라 새로운 기보를 보는 순간의 판단력은 더욱 대단했다. 대부분의 경우, 나는 거의 탄복해 마지않았고 가끔씩은 나도 나름대로의 생각을 가질 수 있었다. 바둑에 대한 선생의 그 날카로움은 우리로서는 도달할 방법이 없다고 생각한다.

선생은 특히 나를 가장 심하게 꾸짖으셨다. 다른 기사들이나 여자기사들에게는 "주의해라" "여기는 아마도 손해를 보겠다"는 말로 부드럽게 대했지만, 나에게만큼은 "이 바둑은 근본적으로 틀렸어, 무슨 생각을 하고 있는 거냐" 혹은 "네 진행방향이 완전히 거꾸로 됐다"는 강한 표현으로 실수를 지적하셨다. 바꿔 말하면 나에게 큰 희망을 가지고 있다는 말도 될 수 있었다. 아마도 내가 정식으로 사사받은 제자이기 때문에 더욱 엄격할 수밖에 없었을 것이다.

그러나 나는 선생에게 배운 것들을 발휘할 기회가 없음에 또 한 번 절망할 수밖에 없었다. 실전을 거치지 않았으므로 내가 완전히 소화했다는 걸 나 스스로에게 증명할 수 없었다. 그럴 때마다 우 선생은 이런 말로 나를 위로해주셨다.

"조급하게 생각하지 말아라. 지금은 더 열심히 배울 때다. 21세기에는 반드시 좋아질 것이다. 무엇보다 건강이 걱정이구나."

그러나 21세기가 된다 해도 내가 바둑을 둘 수 있을까? 만약 그럴 수 없다면 나는 어떻게 되는 거지? 그러나 선생의 말씀은 단지 나를 위로하려고 한 말이 아니었다. 선생은 바둑계의 미래에 충분한 자신감을 갖고 계셨다. 선생은 나중에 내가 한국의 국수전에서 좋은 성적을 거두자 유난히 기뻐하셨다. 나는 선생이 만나는 사람마다 내 이야기를 한다는 얘기를 들었다.

나와 선생은 보통 오후 2시에서 저녁 무렵까지 계속해서 바둑을 두었다. 나는 끝날 때쯤이면 녹초가 되곤 했다. 그만큼 집중했던 것이다. 그런데 집중을 쏟은 건 선생이나 나나 마찬가지일 텐데 선생은 시작할 때나 끝날 때나 한 치의 흐트러짐도 없었다. 그 비결이 궁금해 하루는 사모님께 살짝 여쭈어보았다.

"어떻게 힘들지 않겠니? 바둑을 두기 시작하면 곧 즐거워지고, 즐거우면 잠시 피곤을 잊어버리는 것뿐이지. 다음날은 선생도 움직이지 못할 정도로 피곤해 하신단다."

우 선생은 그렇게 모든 힘을 다 바둑에 쏟으셨다. 선생의 집중력은 정말 놀랄 정도였다. 이것 때문에 선생에게는 재밌는 습관이 있었다. 연습 시간이 길어질 때면 중간에 차와 간식을 먹었는데 우 선생은 꼭 커피를 드셨다. 선생은 항상 바둑판에서 눈을 떼지 않은 채 한 손으로 커피에 프림을 넣었는데 젓다가 바둑에 변화가 생기면 젓기를 멈추고 바둑에 빠져들었다. 그러다 다시 커피에 생각이 미치면 다시 한 손으로 설탕을 넣으셨다. 나중에 커피는 그대로 남아있는 경우가 허다했다.

나는 후에 선생이 '순조롭게' 드실 수 있도록 커피가 오는 즉시 설탕과 프림을 넣고 저어서 선생님께 드렸다. 그러나 선생님은 여전히 항상 커피를 다 마시지 못하셨다. 커피가 생각날 때면 언제나 습관적으로 작은 스푼으로 몇 번 휘저을 뿐이었다.

우 선생은 명성과 덕망이 높았지만 생활은 아주 검소했다. 넉넉하지 않은 형편에 대해 한 번도 불평하지 않으셨다. 선생의 마음이 온통 바둑에 가 있어 다른 무엇도 그 안으로 비집고 들어올 여지가 없기 때문이다. 지금도 나는 일본에 갈 때마다 꼭 우 선생과 바둑을 두곤 한다. 우 선생은 여전히 나에게 커다란 희망을 품고 계시는 것 같았다. 굳이 말하지 않아도 바둑을 향한 내 마음이 어떠한지 너무나 잘 알고 계시기 때문이다.

이창호 9단과 한판 겨루기

    YMCA 학원을 수료한 후부터 바둑을 관전하고 배우는 시간이 크게 늘어났다. 비록 프로시합에는 참가할 수 없었지만 후지쯔배, 슈퍼대항전, 진로배 등은 그저 보기만 해도 흥분되고 재미 있었다. 그러나 마냥 관전만 하다 보니 다시 슬퍼졌다. 모두들 바둑을 두고 있는데 나만 바둑을 관전하고 있다니, 일생을 이렇게 보낼 것을 생각하니 마음이 다시 아파오기 시작했다.

    1991년 하반기, 드디어 세계대회에 출전의 길이 열렸다. 어느 날 타이완 잉창치 바둑교육기금회의 비서실장 양요우쟈楊佑家 선생의 전화를 받았다. 양 선생은 다짜고자 내게 말했다.

    "바둑 한번 잘 두어 보시오!"

    내가 잉칭치배에 참가하게 되었다는 뜻이었다.

    "잉창치 선생께서 당신이 제2회 잉창치배에 참가하도록 결정을 내리셨소. 그러니 열심히 해야 합니다."

내가 잉창치배에 참가할 수 있다니! 나는 내 귀를 의심했다. 잉 선생의 노력으로 만들어진 잉창치배는 세계에서 가장 큰 바둑대회로 4년에 한 번 열리며, 1988년 베이징에서 처음으로 개최됐다. 잉창치배는 모두 24명의 각국 기사들이 시합을 벌이는데 지난 대회 8위까지는 다음 대회 참가 자격이 주어졌고, 나머지 16명은 잉 선생과 바둑교육기금회측에서 참가를 요청한다. 나는 잉 선생이 추천했다고 한다. 그 당시 여자기사로서는 유일하게 9단인 내가 대회에 참가함으로써 세계 여자바둑의 발전에 촉매제로 작용할 수 있다는 것이 이유였다. 흥분이 가라앉자 긴장이 몰려왔다. 열심히 준비해야지. 다시 올 수 없는 이 기회를 소중히 해야 해! 몇 가지 변수로 다소 불안했지만 나는 잠시 바둑레슨도 미루어 놓고 시합 준비에 전력투구하기로 마음먹었다.

대회는 원래 1992년 4월 상하이에서 열리기로 되어 있었지만 중국 바둑협회와 잉창치 바둑교육기금회 사이에 의견 대립이 생기면서 미뤄졌다. 그중에는 바로 나와 장주주의 대회참가 문제도 있었다. 나는 걱정이 됐다. 대회가 예정대로 열리지 못할까 두려웠고 내가 대회에 참가하지 못하게 될까봐 걱정이 됐다. 내가 얼마나 기다려왔던 세계대회란 말인가! 그리고 만약 주주도 참가한다면 우리가 만날 수 있는 절호의 기회이기도 했다.

일본기원의 이사 오에다大枝雄介 9단이 그 문제를 조율하기 위해 특별히 나를 찾아왔다.

"만약 당신이 대회에 참가한다면 상금은 중국 측의 규정대로 배분해도 되겠습니까?"

나는 말했다.

"좋습니다. 나는 그저 대회에 참가할 수 있기만을 바랍니다."

제2회 잉창치배 바둑대회는 1992년 7월 일본 도쿄에서 열리기로 결정됐다. 유감스럽게도 양측은 결국 의견일치를 보지 못했고 중국바둑협회는 대회참가를 취소했다. 대신 나와 주주, 천자뤼이陳嘉銳와 우쏭성吳淞笙 등 외국에 있는 중국기사들이 모두 대회에 참가했다.

대회까지는 10개월이 남아 있었다. 나는 전심전력으로 준비했다. 최고의 컨디션으로 대회에 참가하기 위해 온 힘을 쏟았다. 그러나 그동안 실전의 기회가 너무 적었다. 단순히 집에서 기보를 보고 연구하는 것만으로는 턱도 없었다. 그 당시 우칭위안 선생과 린하이펑 선생은 큰 도움이 됐다. 그밖에 요다 노리모토 역시 자주 속기를 두겠다고 약속해 나는 한동안 아침 일찍 출근하는 인파를 따라 요다의 집을 방문했다. 요다의 집에 도착하면 그의 부인 요다 마사코가 그를 깨웠다.

"루이 씨가 왔어요. 바둑 두게 빨리 일어나요."

한동안 그가 계속 상승하자 나는 매우 의기소침해졌다. 이렇게 저렇게 준비를 한다고 하는데 어떻게 갈수록 못하는 건가 싶었다. 그러나 요다와 바둑을 둔 그 기간 동안 나는 바둑에 대한 실전감각이 적지 아니 향상됐다.

대회는 도쿄에 있는 아카사카 프린스 호텔에서 개막되었다. 첫 번째 시합에서 제비뽑로 결정된 상대 고마츠를 누르고 시드선수(기전의 본선 등에서 우수 기사끼리 처음부터 맞붙지 않도록 대진표가 짜여진 선수—편주)인 이창호와 겨루게 되었다. 어렵게 시합에 참가한 나는 그저 참가한다는 사실만으로도 기뻤는데, 한국의 이창호와 대국하게 되고 보니 환호하지 않을 수 없었다. 나는 특히 이창호와 시합하고 싶었다. 나이는 어렸지만 그는 이미 동양증권배 세계선수권대회의 타이틀을 가지고 있는 유명한 기사였다. 이창호는 열다섯 살 때 처음 후지쯔배에 참가해서 다케미야武宮正樹를 뛰어난 실력으로 눌렀다. 다께미야는 바둑의 모양을 아주 중시한다. 다케미야가 밖에서 가면 이창호는 안에서 가는 신선한 작전을 썼다. 이창호는 어렸지만 내 눈에 그는 이미 고수였다. 그와 바둑으로 대적할 수 있다는 것만으로 나는 흥분됐다.

그 판에서 나는 흑을 잡았는데 양쪽 다 눈에 띄는 작전은 없었다. 중반에 이르러 이창호가 내 빈틈을 밀고 들어오면서 양쪽 모두 속도를 내기 시작했다. 서로 빈곳을 에워싸고 점점 파고들어갔는데 치열한 접전은 아니었다. 나는 이창호와의 대국에서 우세를 잡기 위해서는 시합 전반에 주도권을 잡아야 한다고 생각했다. 그러나 포석이 끝나고 전체적인 뼈대가 형성된 후에도 내 형세가 결코 낙관적이지 않다는 것을 발견했다. 집이 엉성했고, 형세도 두텁지 않아 어디에서부터 손을 써야 할지 알 수 없었다. 그것은 나에게 타격이었다.

종반에 들어섰을 때 그는 한칸뜀(가장 손쉽고 안전성이 높은 행마. 악수가 되는 경우는 좀처럼 없다—편주)으로 찔러 들어왔다. 그 경우 흑이 이어서 두는 것이 일반적인데 나는 갑자기 그럴 필요가 없다고 생각했다. 그래서 한번 밑으로 붙여 보았더니 상황이 역전되면서 흑이 유리한 방향으로 발전했다. 만약 내가 일반적 응수를 했다면 이창호는 이미 끝내기로 들어갔을지도 모른다. 당시 나는 좋은 형국을 유지하기 위해 조금도 긴장을 늦추지 않고 있었기에 이런 수를 발견할 수 있었다. 백의 형세가 좋지 않은 상황에서 이창호는 메워야 할 부분을 메우지 않아 나에게 모퉁이를 먹혔다. 마침내 그는 돌을 던졌다.

이창호를 이기자 내 흥분은 절정에 다다랐다. 나는 이창호 같은 고수와 한번 겨뤄보고 싶긴 했지만 내가 이길 가능성은 크지 않다고 생각했다. 내가 이창호와 시합을 하고 있을 때 장주주도 한국의 양재호와 경기를 하고 있었다. 그는 지난 대회 8위였기 때문에 1회전은 부전승으로 바로 2회전에 진입했다. 나는 시합을 끝내고 주주에게로 갔다. 우열을 가리기 어려울 정도로 양측이 팽팽했다. 만약 주주가 이긴다면 다음 시합에서 주주와 내가 맞붙는 상황이 벌어질 테지만, 그래도 나는 주주가 이기기를 바랐다. 그러나 결과는 양재호의 승리.

3차전에서 양재호와 마주한 나는 시작하자마자 삼연성을 배치하고 대열을 형성했다. 우 선생께 새로 배운 수였다. 나는 결국 승리를 거두면서 준결승에 올랐다. 예기치 못한 선전이었다. 잉 선생도 기분이 좋아보였다. 그는 언제나 중국기사들이 좋은 성적을 거둘 수 있기를 바랐다. 시합이 끝난 후 잉 선생이 내게 말씀하셨다.

"잘 두었다. 다음에는 타이베이臺北에 가서 두자꾸나."

그러더니 진주목걸이를 내게 주었다.

"이 진주목걸이는 10만엔짜리다. 어떤 사람이 얼마 전 나에게 준 것인데 나한테는 쓸모가 없으니 너에게 주마, 상품이라고 생각해라."

그 목걸이를 받고 나는 아주 기뻤다. 더구나 같은 중국인이 만든 세계바둑대회에서 이기게 되어 기쁨은 두 배가 되었다. 그후부터 잉창치 선생과는 허물없이 친해졌다. 언젠가 선생은 나와 주주에게 딱딱하게 '선생'이라 부르지 말고 '할아버지'라고 부르는 게 좋겠다고 말씀하셨다. 후에 우리는 다정하게 그를 할아버지라고 불렀다.

시합이 끝나자마자 주주는 미국으로 돌아갔다. 나는 일본에서 전심전력으로 준결승전을 준비했다. 준결승은 11월 타이베이에서 하기로 되어 있었다. 준결승 상대는 일본의 오다케.

첫번째 판에서 흑을 잡은 나는 흑을 오다케에게 졌다. 두번째 판에서 나는 백을 잡았다. 나는 우 선생이 가르쳐주신 두칸높은걸침을 이용해 오다케의 소목(실리를 위주로 하는 수법의 바둑. 닛카이에 의해 창안되었으며 싸움 중심의 바둑을 바꾸어놓았다—편주)에 대항했는데 그가 화점(귀 착점의 하나로 4의 자리가 교차하는 자리. 상대방을 공격하는 적극전법을 구사하기에 적합하다—편주)을 놓을 때 나는 한칸낮은협공(귀에 걸쳐온 돌을 한 칸 간격으로 제3선상의 낮은 위치에서 협공하는 것—편주)으로 나갔다. 이어서 상대방이 삼삼으로 파고드는 사이 다른 큰 곳으로 발빠르게 옮겨 비교적 포석을 잘 짜나갔다. 중반에 약간의 위기가 찾아왔지만 오다케도 실수를 범했다. 그는 밭전자를 째며(밭전자 찌르기, 밭전자로 놓인 돌 두 개의 중

장주주는 내게 큰 위로와 격려가 되는 사람.

심에 찔러 들어가 분할시키는 것—편주) 무리수를 두었지만 나 또한 기회를 잡아 주변을 모두 에워싸기 시작했다. 그렇게 되자 백은 두드러지게 앞서가기 시작했고 나는 완승을 거두었다.

세번째 판에서 오다케는 돌가리기(선수와 후수를 정하는 방법. 윗사람이 백돌을 쥐고 아랫사람이 흑돌로 홀짝을 맞추면 흑을 쥐게 된다—편주)를 통해 백을 쥐었다. 잉창치배의 규칙은 흑이 덤으로 7집 반을 주는 것으로 당시 일본의 규칙과 같았다. 덤 5집 반을 주는 것에 익숙했던 나로서는 부담이 되었다. 자연히 많은 기사들이 백을 선호했다. 그렇지만 흑을 쥐면 자기가 좋아하는 포석을 선택할 수 있기 때문에 나 개인적으로는 흑을 선호했다. 나는 공격형 기사에 속했기 때문이다.

나는 대각선 포석을 두었고 오다케는 소목을 두었다. 흑은 적극적인 태도를 취했다. 나중에 사람들은 흑이 너무 맹렬했다고 평가했다. 사실 흑은 언제나 보조가 좀 빠른 편이고 가능하면 빨리 형세를 장악하려고 한다. 반면 백이 먼저 주도권을 잡게 되면 흑은 힘을 쓸 수가 없다. 형세가 아주 혼란스러웠다. 흑에게 기회가 있었으나 힘을 너무 많이 낭비한 탓에 오히려 중요한 곳을 잡지 못했다. 결국 중반부터 패색이 짙었지만 여전히 실패를 인정하려 하지 않았다. 한번 더 기회를 만들어보려고 했지만 오히려 파국을 자초하고 말았다. 마지막에는 차마 눈뜨고 볼 수가 없을 정도로 흑이 모조리 죽고 말았다.

대국실을 나와서 주주를 보았을 때 슬픈 나머지 말조차 나오지 않았다. 주주는 장쉬엔과 바둑해설을 하러 가야 했기 때문에 길게 얘기를 나눌 수 없었다. 나는 망연히 연구실로 들어갔다. 기자들이 나에게 말을 걸기 시작했다. 그들이 무슨 말을 했는지 모르겠으나 비통한 마음이 솟구쳐 나는 울고 말았다. 져버린 바둑 때문에 울었고 내 바둑 운명 때문에 울었다. 어쩌면 내 마지막 한 판이 될지도 모르는 시합에서 지고 만 것이다. 언제 다시 이런 시합에 참가할 수 있을까. 거의 1년 동안 내 마음은 온통 잉창치배에 있었다고 해도 과언이 아니었다. 시합이 끝나자 막막함과 암담함이 밀려왔다. 이제 나는 또다시 길고도 적막한 기다림 속으로 돌아가야겠지. 승자 앞에서 눈물을 보이는 건 분명 실례가 되겠지만 그러나 나는 정말이지 슬픔을 견딜 수가 없었다.

나중에 들으니 우칭위안 선생도 줄곧 연구실에서 지켜보시면서 끝까지 희망을 버리지 않고 있다가 내가 졌다고 하자 그제서야 자리를 뜨셨다고 한다.

시합이 끝나고 기금회측은 특별히 나와 주주 그리고 장쉬엔을 위해 대만유람을 준비했다. 그러나 슬픔에서 헤어나오지 못한 내 눈에는 까오슝의 아름다운 경치도 그저 심드렁하게만 보일 뿐이었다. 주주는 그때 내가 한 차례 큰 병을 앓고 난 후의 사람처럼 허탈한 모습이었다고 한다.

비록 우승은 못했지만 잉창치배는 내 유랑생활 중 드물게 찾아온 기쁨이었다. 잉창치배가 없었다면 나는 아마도 일본에서 줄곧 바둑을 가르치고 관전하며 기계적으로 생활했을 것이다. 잉창치배를 위해서 1년 동안 바둑을 가르치지 않아 수입은 크게 줄었지만 잉창치배 덕분에 하루하루를 충실하게 보낼 수 있었던 것이다.

잉창치배는 지금도 꾸준히 개최되며 세계바둑 발전에 큰 힘을 보태고 있지만, 슬프게도 잉 선생은 1997년에 세상을 떠나셨다.

세 번 후지산에 오르다

일본에서의 생활을 정리하다 보니 문득 후지산이 떠오른다. 여행과 등산을 좋아하다 보니 바둑으로 인해 거대한 돌덩이가 늘 내몸을 무겁게 누를 때면 나는 산을 찾았다. 특히 후지산은 내가 일본에서 가장 좋아하는 곳이기도 했다. 후지산은 일본기원과 달리 나를 따뜻하게 맞아준 곳이니까. 나는 세 번 후지산에 오를 기회가 있었다.

후지산 등정의 절정기인 6,7월은 사람들로 북적거린다. 8월이되면 서늘해지기 때문에 8월 20일 이후에는 산에 오르는 여행객이거의 없었다. 나는 8월 27일에 산에 올랐다. 사람들이 한 차례 빠져나간 뒤여서 한적하고 좋았다.

사실 후지산을 하루 만에 오르기는 쉽지 않다. 식물들이 갈수록적어지고 기온이 하강하면서 호흡이 곤란해지기 시작하는 지점에 이르러 시간을 보니 이미 8시가 다돼가고 있었다. 나는 그곳 여관에서 하룻밤을 묵었다. 새벽 2시 30분에 여관주인이 모두를 깨우기 시작했다. 그 시간에 일어나야 산 정상에 올라 일출을 볼 수 있기 때문이다. 그러나 구름이 잔뜩 낀 날씨 때문에 나는 그날 기대했던 일출을 볼 수 없었다. 비록 일출을 보진 못했지만 후지산의 아름다운 풍광은 오래도록 남았다. 후지산 주위에는 다섯 개의 호수가 있었는데 사람들은 후지 5호五湖라고 불렀다. 산꼭대기에서 아래를 내려다보니 수면이 마치 거울과 같이 반짝반짝 빛을 발하고 있었다.

두번째 후지산에 올랐을 때는 산 정상의 분화구를 따라 한 바퀴를 돌았다. 분화구 속에 눈이 쌓여 있었는데 나지막한 산봉우리에는 안개가 감돌고 있어 보기에 아주 신비로웠으며 많은 것을 떠오르게 했다.

세번째는 잠시 일본에 머물렀던 주주도 함께 갈 수 있었다. 일행 중에는 일본 친구 외에 일본에서 바둑을 배우는 몇몇 서양인 학생들이 있었다. 우리는 식량과 무전기를 준비해 가지고 갔다. 마침 성수기로 넘쳐나는 여행객들 때문에 앞에 있는 사람들이 움직이지 않으면 뒤에 있는 사람은 발을 내디딜 수도 없었다. 마치 베이징의 왕푸징王府井에 와 있는 것 같았다.

후지산 외에도 나는 일본친구들과 작은 산들을 오르곤 했다. 일본사람은 빈틈이 없다. 그 날로 다녀올 수 있는 작은 산에 갈 때에도 마치 먼 곳을 가는 여행객처럼 등산복, 등산화, 배낭, 등산모 등등 완벽하게 장비를 갖추었다.

한번은 나와 아키야마 겐지秋山賢司라는 일본기자가 함께 작은 산을 올랐다. 전날 그가 나에게 물었다.

"루이 씨, 우리 산에서 면을 먹는 게 어떨까?"

나는 산 위의 작은 가게에서 면을 먹는 것으로 알고 그러자고 했다.

다음날 아키야마는 큰 배낭을 하나 메고 왔는데 쉴 때가 되자 가방의 물건을 하나씩 꺼냈다. 나는 깜짝 놀랐다. 사발면에, 코펠, 버너…… 만약 나였으면 배낭에 빵 한 개 쑤셔 넣으면 그만이었을 것이다. 아마도 그들은 이런 것 역시 즐거움이라고 여기는 것 같았다.

또 한번은 리칭하이, 니우리리, 리우린, 그외 중국 유학생들과 함께 등산을 했다. 그들은 모두 좋은 친구들로, 바둑을 둘 때 나이웨이는 육친도 몰라본다며, 나를 보면 항상 놀리곤 했다. 바둑을 관전할 때는 절대로 나에게 말을 시키지 않는 그들의 세심한 배려가 늘 고마웠다.

도중에 두 갈래로 나누어졌다가 산꼭대기에서 만났을 때 우리는 모두들 약속이나 한 듯 〈장정찬가長征組歌〉를 부르기 시작했는데 갑자기 뜨거운 피가 솟는 느낌이었다. 하산할 때도 역시 우리가 어렸을 때 배웠던 노래인 〈지취위호산智取威虎山〉, 〈유격대찬가遊擊隊歌〉 등을 불렀는데, 마치 다시 어렸을 때로 돌아간 듯, 조국으로 돌아온 듯한 감회에 젖었다. 고향의 가족들과 주주의 얼굴이 떠올랐다.

4

바다를 사이에 두고 그리워하다

미국비자 신청이 번번이 거절당할 때마다 나는 눈앞이 캄캄해졌다. 비온 뒤에 땅이 굳는다고는 하지만 주주와 떨어져 지낸 날들은 가혹하기만 했다.

둘 다 일본과 미국이라는 낯선 땅에 도착해 많은 일을 생각하고 처리하며 바쁜 나날을 보내는 가운데서도 우리는 전화와 편지로 그리움을 전했다. 그 시절 나의 유일한 기쁨은 주주와의 전화통화였다. 며칠이라도 통화가 되지 않는 때면 나는 초조와 그리움으로 전화통에 매달렸다.

일본에서의 생활이 차츰 안정되어가지 나는 미국에 주주를 보러 가기로 마음먹었다. 그런데 1991년 3월 주주가 먼저 차민수 선생(훗날 우리가 한국으로 올 수 있도록 큰 도움을 주신 분이다)이 주관하는 한국인 바둑클럽에 부탁하여 내게 미국 초청장을 보내왔다.

나는 미국 측의 초청장이 있으면 미국에 가는 비자를 얻을 수 있고, 그리워하던 주주를 볼 수 있을 것으로 생각했다. 그러나 미국비자 네 번, 캐나다 비자 한 번, 모스크바 비자를 한 번, 그렇게 차례로 신청해 보았지만 모두 거절당했다. 이유는 내가 이민 갈 가능성이 크다는 것이었다. 사실 나는 그저 미국에 가서 주주를 한번 보고 싶은 생각뿐이었다.

마지막으로 샌프란시스코 시장이 보내온 초청장도 거절당하고 말았다. 그 여권의 마지막 장에는 '214B' 도장(이민가능성이 있음을 표시)이 가득했다. 그래도 수많은 서류를 준비해 비자신청을 하러 갈 때면 혹시나 하는 기대로 설레곤 했는데, 돌아올 때는 항상 어깨가 축 쳐서 돌아와야 했다.

한번은 학교도 결석한 채 미국대사관을 찾았다. 예상은 했지만 막상 또다시 거부당하자 다리에 힘이 쫙 빠졌다. 겨우 지하철역에 들어섰지만 학교에 다시 가야 할지 아니면 그냥 집으로 가 쉬어야 할지 갈피를 잡지 못했다. 마음이 엉킨 실타래처럼 혼란스러웠다. 학교로 가는 전철이 먼저 오면 학교로 가고 반대 방향인 집으로 가는 전철이 먼저 오면 집으로 가기로 했다. 무조건 전철에 오르고 보니 학교를 향하고 있었다. 당연히 강의는 귀에 들어오지 않았다.

한번은 캐나다 영사관에 비자를 신청했다. 그런데 미국 비자보다 절차가 더 까다로웠다. 먼저 자료를 보내고 다음에는 비용을 지불하고 그 다음에서야 면담을 할 수 있었다. 영사가 던진 몇 가지 질문 중에 기억에 남는 건 "애인이 있냐?"는 질문이었다. 서류에는 그저 미혼과 기혼 여부만을 적게 되어 있었기 때문에 직접 질문을 한 것 같았다. 이런 것까지 대답해야 하는지 의아한 생각이 들었지만 나는 솔직하게 대답했다. "있습니다." 그러자 다시 물어왔다. "어느 나라 사람이지요?" "중국사람인데요." 그랬더니 영사가 뭐라고 휙 쓰는 것 같더니 비자는 거부당했다.

내가 이 이야기를 친구들에게 얘기하자 친구들은 모두 입을 모아 말했다.

"루이, 너 정말 멍청하구나. 남자친구가 일본사람이라고 말했어야지. 그래야 영사는 네가 다시 돌아올 것이라고 생각하고 쉽게 비자를 주지."

사실 이 방법은 전에 누가 나에게 가르쳐줬었다. 그러나 나는 그 말이 나오지 않았다. 주주를 일본사람이라고 말한다고 해서 반드시 비자가 나올 것이라는 생각도 들지 않았고, 무엇보다 어떤 반발심이 들었던 것이다.

그 즈음 나의 원망은 주주를 향했다. 사실 주주가 잘못한 것은 하나도 없었는데 말이다.

"미국사람들 정말 싫어. 미국이 그렇게 대단한 나라야? 그저 잠깐 방문하고 돌아오겠다는데 무슨 의심이 그렇게 많은지. 내가 미국에서 살거나 돈을 벌겠다는 것도 아닌데 말야. 주주, 도대체 언제까지 참아야 하는 거지? 더 이상은 참을 수 없을 것 같아."

그러나 나중에 주주가 미국 영주권을 취득하자 나는 배우자의 신분으로 쉽게 미국에 이민을 떠날 수 있었다. 코미디 같았다. 내가 이민 갈 생각 없이 그저 단기로 미국을 방문하려고 할 때 그들은 나

에게 이민 갈 가능성이 있다는 이유로 거절했는데, 정말 이민 가려
고 하니 미국은 나에게 문을 활짝 열어주었다.

우리의 결혼은 3번기

살아 있는 주주가 갑자기 내 앞에 나타나는 그 순간 나는 잠깐 내 눈을 의심했다. 꿈만 같이 황홀했다. 중국을 떠날 때는 훗날 주주와 만나는 것이 이렇게 어려울 줄은 전혀 생각하지 못했다. 한동안 주주의 모습은 아득하고 흐릿하여 기억도 나지 않을 정도였다. 한번은 그와 결혼하고 싶기도 하고 다른 한편으로는 결혼하면 비자신청이 쉬울 것이라고 생각하며 결혼에 관한 얘기를 나누기도 했다. 그러나 이역만리에 떨어져 있는 우리가 어떻게 결혼을 할 수 있겠는가?

주주와 나의 결혼은 세 번에 걸쳐 비로소 완료됐다. 첫번째로 나는 혼자서 후나바시 구청에 가서 결혼 수속을 밟았다. 히노 선생의 조언이 결정적이었다. 히노 선생은 일본사람들은 결혼 수속할 때 두 사람이 다 있어야 하는 것은 아니라고 했다. 수속준비만 완전하면 한 사람이 가서 처리해도 된다고 했다. 나는 너무 기뻐서 날아갈 듯해서 돌아왔다. 나와 주주는 우선 결혼을 하고 다시 미국 가는 비자를 신청하기로 결정했다. 나는 우선 백지 신청서를 주주에게 보냈다. 만약 내가 서명한 결혼 신청서가 잘못 되어 다른 사람 손에 들어간다면 내가 누구와 결혼하게 될지 알 수 없는 일이라 걱정이 되었던 것이다. 나는 당시 너무 기쁜 나머지 지나치게 긴장했다.

내가 중국대사관에 가서 미혼증명서를 신청할 때 재미있는 일을 경험했다. 결혼 신청 수속을 하는데 대사관 직원은 내내 뭔가 불쾌하다는 표정을 지었다. 나는 답답했다. '내가 결혼한다는데 왜 저 사람들이 기분이 나빠하는 거지?' 그런데 수속이 끝나갈 때쯤 그들의 표정이 갑자기 환해지는 거였다. 그들은 웃음을 띤 채 내게 말했다.

"알고 보니 장주주 씨와 결혼하는 것이군요. 왜 진작 얘기하지 않았어요? 우리는 당신이 일본사람과 결혼하는 줄 알았습니다. 이제 됐습니다."

그 말을 듣고 나도 웃음을 참을 수 없었다.

1991년 8월 21일. 나는 일본 후나바시 구청에서 결혼수속을 밟았다. 일본 법률에 따라 그 날로부터 나와 주주는 합법적인 부부가 되었다. 그러나 내가 중국대사관에 가서 확인을 하려고 하니 그들은 중국법률에 따라 반드시 부부 두 사람이 모두 있어야 인정할 수 있다고 했다. 그래서 주주가 잉창치배에 참가하기 위해 일본에 오기까지 1년 동안 줄곧 우리는 일본 법률로는 인정을 받고 중국법률로는 부부임을 인정받지 못했다.

그러다 1992년 7월 4일 마침내 나와 주주는 만났다. 나리타成田 공항에서 주주를 보고서 나는 황홀감과 동시에 만감이 교차됐다. 떨어져 있은 지 2년, 주주가 멀쩡하게 내 앞에 나타나는 그 순간 나는 잠깐 내 눈을 의심했다. 꿈처럼 황홀한 순간이었다.

7월 8일, 우리는 중국대사관에서 결혼을 확인받았다. 나중에 누군가 내가 언제 결혼했냐는 질문을 하면 나는 언제나 1992년 7월 8일이라고 대답했다. 중국사람인 우리는 중국법률의 확인을 받고서야 비로소 마음이 놓였다. 그러나 결혼식은 없었다. 잉창치배라는 중요한 시합을 앞두고 있던 주주와 나는 일본의 《바둑주보》에 안내문을 내는 것으로 우리의 결혼은 모두에게 알렸다.

주주는 일본에서 단지 2주간의 짧은 시간만 머물렀다. 그러나 그가 이렇게 한번 왔다 가니 내 생활에 커다란 변화가 생겼다. 그가 가고 한참이 지나고 나서야 나는 비로소 내 원래의 생활궤도로 돌아올 수 있었다. 다시 오랜 이별이었다.

1993년 12월 31일, 주주는 영주권을 땄고 우리는 비로소 다시 일본에서 만났다. 그때부터 태평양을 사이에 둔 우리의 이별은 끝이 났다. 나중에 매번 그 기다림의 세월을 생각할 때면 나는 떠올리기조차 싫어진다. 너무 오랫동안 고통스럽고 견디기 힘든 나날을 보냈다.

두 사람이 함께 하는 생활은 안정적이고 행복했다. 나와 바둑 두는 것 외에 더 이상의 요구는 없었다. 오전에 우리는 집에서 바둑을 두었고, 오후에 일이 없으면 연구회에 가거나 혹은 친구를 불러 집에서 바둑을 두었다. 사실대로 말하면 바둑지도를 할 때도 나는 내가 바둑을 보급한다는 생각은 들지 않았다. 일본은 바둑의 기초가 탄탄해서 바둑을 둘 줄 아는 사람이 아주 많았고 그래서 내가 바둑을 가르치는 것은 생계를 위한 이유가 더 컸다. 연구회에 가야만 간혹 프로선수들의 바둑을 볼 수 있었고 그때서야 진정한 상대가 있다는 느낌을 받았었다. 현재 사랑하는 사람과 함께 있을 수 있고 생활 또한 보장이 되어 있으니 만족스러운 편이었다. 만약 여기에 다시 시합을 할 수 있고 프로기사의 시합이 많다면, 그 생활이야말로 진정한 행복이며 더 이상 부족할 게 없을 것 같았다.

언제나 소설처럼

　나 역시 다른 여자들과 마찬가지로 내 장래, 특히 결혼에 대해 여러 가지 생각을 해본 적이 있다. 성대한 파티, 순백의 웨딩드레스, 허니문 여행에는 그다지 관심이 쏠리지 않았는데, 중국 어느 지방에서 대대로 내려오는 납채 풍속만큼은 내 흥미를 끌었다. 신랑될 사람이 신부의 부모에게 지참금을 주고 신부를 데려오는 풍속으로 현대인들 중에는 부정적인 시각으로 바라보는 이들도 많다. 그러나 고마움의 표현이라는 측면에서 보면 그다지 나쁠 것도 없다는 생각이 들기도 했다.

　허나 다시 생각해보니 액수를 정하기는 좀 곤란했다. 적게 요구하자니 내가 싼 가격에 팔린다는 굴욕감이 들 것이고, 많게 요구하자니 어렵게 얻은 사위를 놀라 도망하게 할 것 같았다. 이런저런 생각을 하다 보니, 역시나 이런 마음을 버려야겠다 싶었다. 아무래도 신부는 좀 고상하게 보여야 했다.

이것 말고도 내 머릿속에는 오래 전부터 그려온 그림이 있었다. 이것만은 꼭 실행에 옮기고 싶은 마음이 들었다. 언젠가 읽었던 책 속의 글귀처럼 행하면 정말로 행복한 결혼생활을 할 수 있을 것만 같은 생각이 들었다.

'방에는 작고 따스한 등이 켜져 있고 문 밖에서부터 그가 나를 안고 방으로 들어간다. 그때부터 그들은 행복한 나날을 보낸다.'

그렇지만 각각 떨어진 채로 결혼 수속부터 밟은 주주와 나의 결혼은 로맨틱하기보다는 스릴이 넘쳤다. 만날 수 없었으니 자연 결혼식이니 예복 같은 것은 말할 것도 없고 우리 공동소유의 집도 없었다. 남들이 보기엔 뭐 이런 결혼이 다 있을까 싶겠지만, 주주와 함께 지낼 미래를 앞당길 수 있다면 어떤 상황이든 감내할 수 있었다.

그로부터 1년을 학수고대한 끝에 남편인 주주가 일본에 오는 날 나는 집에 불을 밝혀둔 채 그를 맞으러 공항에 나갔다. 오랜만에 만난 우리는 약간 서먹서먹했지만 내가 살고 있는 작은 집으로 함께 돌아오는 사이 금세 가까워졌다.

집에 도착하자 우리의 작은 집에는 소설에서처럼 따뜻하게 불이 밝혀 있었다. 이제 그가 나를 안고 방으로 들어가는 일만 남았다. 그러나 나는 차마 그 말을 꺼낼 수가 없었다. 내가 이 집에 사는 1년 동안 처음 방문한 것도 아닌데 새삼스럽게 나를 안고 들어가달라고 말하기가 부끄럽기도 했고 미안하기도 했다. 아쉽긴 했지만 나중으로 미뤘다. 그래 기회는 반드시 다시 생길 거야.

기회는 금방 찾아왔다. 우리는 잠시 주주가 사는 곳에 다녀오기로 했다. 황혼녘, 미국 캘리포니아주에 있는 작은 도시에 도착했다. 나는 기회를 엿보고 있었다. 이제 곧 내 바람이 실현되는 순간이었다. 것 같았다. 그러나 누가 알았겠는가. 함께 세 들어 살고 있는 중국사람이 하필이면 그때 옆 차에서 내릴 줄은. 우리는 서로 인사를 나누며 함께 들어갈 수밖에 없었다. 이렇게 억울할 수가!

다시 1년 반이 흘렀다. 우리는 이사를 가기로 결정했다. 이것이 마지막 기회라는 생각이 들었다. 어떻게 얘기를 할까 생각하면서 가다 보니 어느새 입구에 다다랐다. 나는 신발을 벗는 순간에도 나는 안간힘을 다해 생각하고 있었다. 그때 무정하기 짝이 없는 주주가 뒤에서 나를 재촉했다.

"왜 그렇게 넋놓고 있어. 어서 들어가지 않고."

난 순간 당황해서 발을 내려놓았다. 그는 벌써 집 한가운데 서 있었다. 끝났군, 마지막 기회 역시 날아가버렸다. 왜 그에게 좀더 빨리 말하지 못했을까. 내 소극적인 성격이 그렇게 원망스러울 수가 없었다.

비록 주주에게 안겨 새 집에 들어오지는 못했지만 그러나 우리의 신혼생활이 결코 이로 인해 불행하지는 않았다. 새처럼 자유롭던 나는 새 울타리 안에서 주부로서 평범하면서도 바쁜 일상을 보냈다. 아내로서의 행복도 꽤 근사했다.

나는 지금도 한가할 때면, 우리가 손을 잡고 수십 년 함께 살다가 어느 날 주주에게 안겨 집에서 나오는 모습을 그려보기도 한다. 이것이 바로 내 작은 소망이고 내가 생각하는 행복이다.

커피 한잔 마시며 내린 결정

1995년이 되자 불안감이 다시 고개를 들기 시작했다. 필경 나는 프로 바둑기사였고, 바둑과는 이미 뗄래야 뗄 수 없는 한 몸이었다. 또한 주위에 그렇게 많은 수준 높은 바둑대회가 있고, 바둑사업이 쑥쑥 성장하고 있는데 내가 어떻게 못 본 척할 수 있겠는가? 주주와의 평탄한 생활은 좋았지만 그러나 영원히 이렇게 살고 싶지는 않았다. 난 내 역량을 다 발휘하고 싶었고 그러기 위해 새로운 환경에서 좀더 집중적으로 바둑을 공부하고 싶었다.

하루는 주주와 커피를 마시며 이야기를 하다 보니 미국에 대해 생각하게 되었다. 미국에서 바둑을 둔다는 것은 신대륙을 개척하는 것과 같을 텐데, 우리가 왜 진작 그 생각을 하지 못했지? 우리는 당장 차민수 선생과 함께 미국에서 바둑활동을 벌이는 일을 상의했다. 의견이 일치되자 우리는 미국으로 이주하기로 결정했다. 나중에 주주는 항상 나에게 웃으며 말한다.

"저녁에 어디에서 밥을 먹을까 하는 일로는 30분 안에도 결정을 내리지 못하면서 일본에서 미국으로 가는 거창한 계획은 의외로 커피 한 잔 마시면서 결정을 내리네."

1996년 10월, 우리는 드디어 미국으로 이주했다. 짐을 정리하다 보니 일본 생활 6년 동안 가장 많이 사모은 것이 바둑에 관한 책이었다. 그 중『도책道策 전집』『어청기御城棋 전집』등은 모두 귀한 책들로 그것들을 사기 위해 적지 않은 심혈과 돈을 소비했었다. 운송비가 너무 비쌌기 때문에 나는 일부는 오츠카 선생 댁에 두었고 가전제품과 가구는 일본에 유학하는 친구들에게 주었다.

미국에 가기 전에 나는 기대로 가득 찼다. 일본에서 생활하는 몇 년 동안 즐겁기도 했지만 힘들고, 심신이 피곤했다. 바둑을 가르치고 지도하는 일은 나를 지치게 했다. 나는 주주에게 미국에 도착한 후에는 전적으로 가사를 보살피고, 바둑을 연구하며 전업주부가 되겠다고 선언했다.

일본의 작은 집에 사는 데 습관이 되어 있다가 미국의 집에 들어오니 놀랍고도 기뻤다. 거실도 크고, 침실도 크고, 정원도 크고, 모든 것이 컸다. 나는 내가 이렇게 큰 집에 산다는 것을 믿을 수가 없어서 조심스럽게 이쪽에 가서 만져보고, 저쪽에 가서 건드려보고, 마음이 놓이지 않았다. 주주가 말했다.

"여기는 이제 우리 집이야. 뭘 이렇게 조심해, 적지에 뛰어든 사람처럼."

집은 우리가 은행에서 융자하여 산 것이었고 30년 동안 일정 부분씩 갚아나가야 했다.

우리는 도시에서 자란 사람들이라 미국 집 뒤뜰에 있는 나무들이 너무 좋았다. 그 가운데 특히 무화과가 왕성하게 자라고 있었는데 여름 두 달 동안 문을 열면 무화과의 향내를 맡을 수 있었고 매일 작은 광주리로 하나 가득 무화과를 딸 수 있었다. 집에서 자란 무화과는 슈퍼마켓에서 파는 것보다 훨씬 크고 실했다. 신선한 무화과를 다 먹지 못할 정도로 많이 거두었다. 친구들과 학생들도 우리 덕분에 먹을 복을 누렸다.

무화과나무 외에도 뒤뜰에는 복숭아나무, 배나무, 사과나무, 오렌지나무와 탱자나무가 등이 있었다. 모두 전에 살던 주인이 심은 것들이다. 우리는 호두나무 한 그루를 더 심었다. 이런 나무를 보는 것만으로도 내게는 큰 즐거움이었다. 과일을 먹고 못 먹고는 그다지 중요하지 않았다.

이웃집과 맞닿아 있는 곳에 은행나무가 한 그루 있었다. 나는 은행나무 잎을 제일 좋아한다. 황금색 은행나무 잎이 바람에 떨어져 마당에 가득 쌓여도 나는 은행잎을 쓸지 않았다. 게으름 때문이기도 했지만 오래 두고 보고 싶은 마음이 더 컸다.

마당에는 장미, 천당조, 수선 등 각양각색의 꽃이 있었고, 그것들은 평범한 날도 아름답게 변화시켜 주었다. 나중에 주주의 부모가 방문했을 때 그분들은 정원의 빈터를 일구어 각종 콩과 고추, 파, 배추 등을 심었다. 밥을 할 때면 나는 정원으로 가서 야채를 땄다. 이런 즐거움은 도시에서는 맛볼 수 없는 행복이었다.

정원에는 고양이와 다람쥐가 하루종일 이리저리 뛰어다니며 뭐가 그렇게 바쁜지 몰랐다. 마치 그들이 정원의 주인이며 우리가 정원에 가는 것은 그들을 방해하는 것 같았다.

⬤ 주부의 행복?

미국에서의 일상은 대체로 한가로웠다. 우리 둘은 항상 함께 장을 보았는데, 일주일치 반찬거리를 모두 사와서 냉장고에 두었다. 미국의 냉장고는 일본의 두 배 정도로 컸다. 다른 집안 일 역시 많지도, 중요하지도 않았기 때문에 많은 시간을 바둑을 두는 데 할애할 수 있었다. 우리는 자주 친구들을 집으로 초대했는데 그 중에는 미국 잉창치 바둑기금회의 대표 브라운 선생도 있었다. 우리에게 상의할 일이 생기면 그는 언제나 오후 5시 30분에 우리 집으로 오겠다고 했다. 일을 상의하고 나면 으레 맛있는 밥이 나오는 줄 알고 있었기 때문이다. 나중에 다른 미국친구들도 무슨 일을 상의할 때면 우리 집으로 장소를 정했고 시간은 오후 5시 30분이었다.

나의 부모님이 미국에 오셔서 머무는 동안은 밥조차 짓지 않아도 되었기 때문에 더욱 바둑에 몰입할 수 있었다. 잠시 동안이라도 부모님과 함께 지낼 수 있다는 것은 우리에게는 크나큰 행복이었다. 우리는 어려서부터 밖에서 단체생활을 했고 커서도 가족들과 함께 있는 일이 드물었기 때문이다. 더군다나 몇 년 동안 외국에 있으면서 가족들을 만나기란 쉬운 일이 아니었다.

어느 해인가는 양쪽 부모님이 함께 미국에 오셨다. 그러자 일의 분담이 아주 잘 이루어졌다. 아침에 일어나면 주주의 부모님은 정원을 손질하고 우리 엄마는 밥을 하시고 아버지는 우리를 대신해 편지를 처리해주셨다. 오후에는 네 분이 함께 모여 마작을 하고 한담을 나누면서 웃음소리가 끊이지 않았다. 이렇게 되자 우리는 하루 종일 대가족의 활기와 정취에 흠뻑 빠져 기분 나쁜 일이나 아쉬움을 모두 잊을 수 있었다.

미국에 막 도착했을 때 주주의 학생은 대부분 성인들이었지만 후에 그는 아이들에게도 바둑을 가르치기 시작했다. 갈수록 반이 많아졌고 바빠서 어쩔 줄 몰랐다. 우리는 아버님들께 수업을 하게 하면 어떨까 생각했다. 주주와 나 역시 아버지에게 처음 바둑을 배웠으므로 크게 걱정하지 않아도 될 것 같았다.

점심식사 후 아버지에게 우선 우리를 학생 삼아 수업을 해보라고 했다. 바둑을 가르쳐 본 경험이 많은 주주가 여러 가지 지적을 했다. 나는 아버지의 교안을 본 적이 있는데 빽빽하게 기록하며 진지하게 수업 준비를 하셨다. 아버지가 가르쳤던 어린이가 시합에서 좋은 성적을 거두자 아버지는 굉장히 기뻐하시며 어쨌든지 남의 자식을 망쳐놓지는 않았다고 말씀하셨다.

미국에 온 지 얼마 되지 않았을 때 나는 운전을 배우고 시험에 통과하여 면허증을 받았다. 내가 운전면허증을 딸 수 있었던 것은 전적으로 주주가 친절하게 지도해준 덕분이다. 운전을 할 줄 알게 되었지만 나는 길을 잘 알지 못했다. 물건 사는 것을 제외하고 나는 자주 운전하지 않았다. 1998년, 주주가 샌프란시스코 대표단을 따라 상하이를 방문하게 되었을 때 그의 바둑수업을 쉴 수가 없어 내가 대신해서 수업을 한 적이 있었다. 바둑학교 가는 길은 그리 복잡하지 않았는데도 나는 매번 다른 길로 갔다. 사실 지도에 길을 잘 표시해 두었다가도 정작 근처에 가면 앞 골목에서 돌거나 지나친 다음에 돌아 항상 길이 달라졌다. 아무래도 난 길치인 것 같다.

그럼에도 나는 차를 몰고 여행하는 것을 좋아한다. 사막이든지 평원이든지, 아니면 좁은 산길이든지 관계없이 고속도로를 따라가다 보면 우리 인간이 얼마나 미미한 존재인지 절감하게 되는 순간이 찾아와 통쾌한 기분이 되곤 했다. 주주와 마찬가지로 나 역시 스피드를 내는 것을 좋아했지만 주주의 운전 실력이 늘면서 나는 오히려 조심했다. 속도를 내면 경찰이 딱지를 떼기 때문이다. 만약 제한 속도가 65마일 때 보통 70마일을 넘어서는 안된다. 비교적 한적하고 인적이 드문 곳은 제한 속도는 75마일이지만 80마일이 좀 넘어도 괜찮았다. 자동차를 빨리 몰아 질풍같이 달리는 느낌이 아주 좋다. 우리는 모두 여행을 좋아한다. 인간이 한세상 살면서 듣고 보는 것에는 한계가 있다. 가능하다면 우리는 유한한 삶 속에서 무한의 세계를 더 많이 보고 싶었다.

미국에서, 나로서는 한 가지 큰 일이 있었다. 1998년 9월 5일, 나는 흔히 라식이라고 불리는 시력교정수술을 받았다. 그때부터 나는

라식수술 이후에 보고, 읽는 것이 즐거워졌다.

20여 년 끼어왔던 근시안경을 벗었다. 나는 초등학교 2학년부터 안경을 쓰기 시작했고 갈수록 안경알이 두꺼워져 친구들의 조롱을 적지 아니 받았었다. 나는 내가 다른 사람들만 못하다는 비하감을 느꼈다. 안경의 도수가 부단히 증가됨에 따라 자기비하도 심해졌다. 나중에 두 눈이 거의 1000도가 되었고 안경이 없이는 아무것도 할 수 없었다. 운동하면서 몇 번이나 나는 부주의로 안경을 깨뜨렸는데 그때마다 세계의 종말을 보는 것 같았다. 이 밖에 두꺼운 안경이 내 콧등을 누르고 있어 참기 힘들 정도로 무거웠다. 긴장된 시합이 끝나면 머리가 깨지는 듯했고 눈알이 거의 튀어나오는 것 같았다. 국가대표팀에 있을 때 일기에 '만일 내가 안경을 벗을 수 있는 날이 있다면 세상에서 가장 행복한 사람일 것 같다'고 쓴 적이 있다.

수술이 끝나고 나는 세상을 다시 보는 듯했다. 이전에 두꺼운 유리를 사이에 두고 세상을 바라보았지만 지금은 안경 없이 내 눈을 통해 선명하게 이 세계를 볼 수 있게 되었다. 물로 씻은 듯 깨끗한 연녹색의 잎새가 눈에 들어오는 순간 내가 이 세상에서 가장 행복한 사람이라고 느꼈다. 이후 내가 일본에 가자 많은 친구들이 잠시 동안 나를 알아보지 못했다. 후에 고바야시 고이치도 수술을 받았는데 수술한 후 성적이 훨씬 좋아졌다고 말했다.

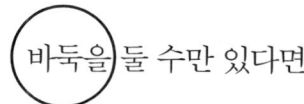 바둑을 둘 수만 있다면

　바둑에 비유하자면 중국, 일본에 이어 세번째 도전기라고 말할 수 있는 미국생활은 일본에서보다는 안정을 가져다주었다. 미국에 머무는 동안 주주는 내게 좋은 바둑환경을 만들어주기 위해 안팎으로 바쁘게 뛰어다녀야 했다. 하루에 5, 6시간 수업이 있는 날은 무척 힘들어했지만 덕분에 나는 차분히 앉아 바둑을 연구하는 데 집중할 수 있었다. 그래도 내 마음은 여전히 편치 않았다. 어떤 절실함이 앞에서 나를 부르지도 않았고, 나를 격려하지도 않았기 때문이다.

　미국생활의 가장 큰 불만은 둘 만하고 볼 만한 바둑이 없다는 점이었다. 왜 안 그렇겠는가. 미국은 이제 겨우 바둑이 보급되는 단계에 접어들었을 뿐이니 내가 느끼는 답답함과 결핍은 너무도 당연했다. 가끔 보해배 세계여자바둑 선수권대회 같은 대회에 참가할 기회가 생겨 분발하기도 했지만, 시합이 끝나고 나면 바람 빠진 풍선처럼 다시 활기를 잃고 말았다.

1997년에 열릴 예정이었던 제4회 보해배 결승전이 금융위기로 인해 이듬해 4월로 연기되었다. 바둑연습을 할 상대도 볼 만한 바둑도 없는 미국에서 넋놓고 앉아 시합날을 기다리자니 조바심이 날 수밖에 없었다. 주주는 일본으로 가서 관전이라도 하고 있으라며 미국에서의 일을 모두 책임져 주었다.

나는 먼저 일본으로 가서 기성전을 관전했다. 현장에서 관전하면 수확이 아주 크다. 시합의 속도대로 바둑을 두기 때문이다. 나는 또 고베神戶에 있는 유키結城塚의 집에서 며칠 머물렀다. 간사이關西기원의 젊은 기사들과도 밤새워 바둑을 두었다. 잠자고 먹는 시간을 제외하고 하루에 보통 열네 시간씩 바둑을 두었다. 그후 도쿄에 있는 왕리칭의 집에서 속기를 두었다. 그러고는 다시 베이징으로 날아가 젊은 기사들과 바둑을 둔 후에야 미국으로 돌아와 시합이 열리는 한국으로 떠날 준비를 했다. 지금 생각하면 어떻게 그럴 수 있었나 싶은 생각이 들지만 그래도 프로기사들과 바둑을 둘 수 있는 기쁨에 피곤한 줄을 몰랐다.

그해 보해배에서 나는 미국대표로 참가해 우승을 차지했다. 나는 이미 1회와 3회 대회에서 우승을 한 적이 있었다. 여자기사로서 나는 여자들만의 세계대회인 보해배과 취옥배에 대해 꼭 얘기하고 싶다.

1993년 12월 중국은 취옥배 세계여자바둑대회를 개최했다. 여자기사들만을 위한 첫 세계대회였다. 당시 일본에서 그 소식을 들은 나는 기뻐서 펄쩍펄쩍 뛰었다. 중국 국가대표팀에 있을 때 나를 비롯한 여자기사들이 허커창 선생만 보면 조르던 기억이 떠올랐다.

"선생님, 우리를 위해서라도 시합을 좀 유치해주세요. 지금 슈퍼 대항전을 비롯한 국제대회에서 여자기사들의 몫은 없잖아요. 우리 여자기사들에게도 국제대회가 있어야 해요."

그러면 선생은 언제나 웃으며 대답하셨다.

"알았다, 내가 너희들을 위해 반드시 노력하마."

그러더니 정말 허 선생이 주선하고 시안西安의 취옥이라는 회사의 협찬으로 취옥배라는 세계여자바둑대회가 열린 것이다. 시합에 참가하기 위해 베이징에 갔을 때 선생은 나를 보자 대뜸 이렇게 말씀하셨다.

"어떠냐, 내가 약속을 지켰지?"

나는 이름 뒤에 '도일' 이라는 꼬리표를 달고서 시합에 참가해 우승을 차지했다.

그후 취옥배는 1회를 마지막으로 더 이상 개최되지 못했지만 이후 여자바둑을 성찰하는 계기를 마련했다는 점에서 큰 의미가 있다.

내가 네 차례나 참가한 보해컵 세계여자바둑 선수권대회는 취옥배에 작극을 받은 한국이 이듬해 개최한 국제대회다. 그 당시 아주 빠른 성장을 보이며 이미 중국, 일본과 어깨를 나란히 하고 있던 한국바둑이 여자바둑의 발전을 위해 세계대회를 개최한 것이다. 아시아 금융위기로 더 이상 열리지 못한 것이 마음 아프지만 이 대회가 여자 바둑계에 미친 영향은 컸다. 여자바둑의 위상이 한 단계 높아

졌음은 물론 실전의 기회가 많아져 여자기사들이 국제대회의 감각을 익히고 더욱 분발할 수 있는 자극제가 되었던 것이다.

한국에도 저력 있는 젊은 여자기사들이 많이 있는 것으로 알고 있다. 이들이 세계적인 선수가 될 수 있도록 앞으로도 여자기사들을 위한 국제대회들이 많아지면 좋겠다는 게 비단 내 바람만은 아닐 것이다.

시합을 마치고 미국에 돌아오자 다시 의욕상실의 날들이 나를 기다리고 있었다. 그나마 후루조노固園强 선생이 나를 보러 미국에 온 덕분에 지루함을 덜 수 있었다. 후루조노 선생은 일본을 떠나기 전인 1995년 말쯤에 알게 된 일본인 실업가로 바둑 애호가이기도 했다. 선생은 규모가 비교적 큰 아마추어대회를 열기도 했는데, 거기서 나는 네 명의 프로기사들과 10초 안에 두어야 하는 토너먼트에서 1등을 차지했다. 상금도 비교적 많았다. 나중에 후루조노 선생은 나와 치넨이라는 젊은 일본 여자기사를 초청해서 10번기를 두게 했는데 역시 상금이 꽤 많았다.

매일 주주와 바둑을 두었지만 자극을 받는 일이 별로 없었으므로 당연히 실력이 늘지 않고 있던 내게 선생의 방문은 흥분 그 자체였다. 치넨과 함께 미국에 온 후루조노 선생은 나와 두번째 10번기를 두었다. 이것은 제대로 바둑 둘 일이 없던 나에게 큰 도움이 되었다. 우리의 10번기 시합은 미국 바둑 보급의 촉진제 역할도 톡톡히 해냈다. 후루조노 선생이 매번 미국에 올 때마다 우리는 모두 명절을 맞는 듯 기뻤다. 내가 바둑을 두면 주주가 해설을 하고 바둑 팬들은 관전하고, 샌프란시스코 정부에서도 사람을 파견해서 상황을 알아볼 정도였다.

별로 하는 일 없이 시간만 보내고 있다는 내 불안 초조와는 상관 없이 시간은 빠르게 흘러가고 있었다. 그만큼 바둑에 대한 갈증도 더해만 갔다. 일본에서의 생활이 되풀이되는 건 아닐까, 내심 불안 해하고 있던 차에 주주와 나는 차민수 선생으로부터 뜻밖의 낭보를 들었다. 1998년 11월, 한국기원의 기사들이 투표를 통해 우리가 한 국의 객원기사로 프로시합에 참가하는 것에 동의했다는 것이다. '아, 이제는 살았구나!' 주주와 나는 부둥켜안고 기쁨의 눈물을 흘 렸다. 물론 최종적으로 이사회에서의 통과가 남아 있긴 하지만 우 선은 기쁨을 만끽하고 싶었다.

# 꿈은 이루어진다

이사회가 열리기만을 목빼고 기다리자니 그해 겨울은 유난히 길게 느껴졌다. 생각이 온통 거기에만 집중돼 다른 일이 손에 잡히지 않았다. '판결'을 기다리는 원고의 심정이 이러할까? 주주와 나는 기분전환이 필요하다고 생각했다. 이렇게 있다가는 한국에 가기도 전에 모든 힘이 빠져버릴 것 같았다. 마침 우칭위안배가 스페인에서 열릴 예정이어서 잠시 유럽에 다녀오기로 했다.

1999년 2월, 우리는 유럽을 향해 출발했다. 첫번째 목적지는 파리였다. 비행장에 도착한 주주와 나는 파리 시내로 들어가는 차 안에서 깜짝 놀랐다. 그림이나 사진에서 보아오던 아름다운 풍경을 감상하기 위해 잔뜩 기대하고 있었는데, 우리 눈에 들어온 건 온통 버려진 집들이며 공장들이 늘어선 삭막한 풍경이었다. 나를 멀뚱히 쳐다보던 주주가 입을 열었다.

"어찌된 거지? 다시 내 고향 타이위안의 교외로 돌아온 것 같네."

그러나 자동차가 지하로 들어갔다가 다시 밖으로 나왔을 때 마침내 우리의 머릿속에 입력되어 있던 낯익은 파리가 고운 자태로 나타났다. 실제로 본 파리는 상상 속에서보다 훨씬 아름다웠다.

규정된 틀과 번잡함을 좋아하지 않는 우리는 여행책자 한 권에 의지해 3일 동안 파리를 유람했다. 루브르 박물관, 세느강, 에펠탑, 파리 수도원, 샹젤리제 거리⋯⋯. 그중에서도 에펠탑은 우리를 강렬하게 흔들어 놓았다. 누구든 탑 아래에 서면 그 기세에 두려움을 느낄 것이다. 입장료가 60프랑으로 꽤 비쌌지만 기왕에 왔으니 꼭 올라가보고 싶었다. 우리는 우선 에펠탑을 한바퀴 돌면서 다 보고 나서 올라가기로 했다. 돌다 보니 다른 입구가 보였다. 그곳의 입장료는 15프랑으로 아주 쌌다. 엘리베이터를 이용해야 하는 다른 입구와는 달리 걸어 올라가기 때문이라고 했다. 우리는 당연히 걸어 올라가기로 했다. 돈도 절약할 수 있고, 등반하는 기분으로 올라가면 색다른 재미가 있을 것 같았다.

그러나 가장 중요한 한 가지, 추운 겨울이라는 사실을 간과했다. 칼로 에이는 듯한 차가운 바람이 얼굴을 때렸고, 두꺼운 코트가 마치 종이처럼 얇게 느껴졌다. 걸음을 멈추면 더 추울 것 같아 걸음을 멈출 수조차 없었다. 우리의 소심함과 경망함에 후회하지 않을 수 없었다. 그러나 우리의 전후좌우에 우리처럼 자라목을 하고서 걷고 있는 사람들을 보며 약간은 위로를 받았다. 우리처럼 '멍청한' 사람들이 또 있구나 생각하니 다소 여유가 생기면서 추위도 그렇게 무섭지 않게 느껴졌다. 겨울에 걸어서 에펠탑을 오른 일은 정말 무모하면서도 낭만적이었다.

파리에서의 3일을 뒤로하고 우리는 스페인의 바르셀로나로 날아 갔다. 이틀 동안 우칭위안배에 참가한 후 다시 모로코로 떠날 계획 을 세웠다. 주주는 미국의 일이 끝나지 않아서 미국으로 돌아가야 했지만 같이 가자고 내가 계속 조르는 통에 함께 떠나기로 했다. 그 런데 문제가 생겼다. 우리는 모두 여행비자 수속이 끝나 있었지만, 갑작스럽게 계획을 수정한 주주는 미처 비자를 준비하지 못한 상태 였다. 가이드는 주주의 비자 문제를 자신했다. 모로코로 가는 비자 수속은 비교적 수월하며 그때가서 돈을 쓰면 된다고 했다.

입국수속은 배 위에서 이루어졌는데 모로코 세관직원이 여권마 다 도장을 찍어주었다. 우리는 모두 통과했는데 주주가 문제였다. 이렇게 저렇게 얘기해 보았지만 세관직원은 도장을 찍어주지 않았 다. 가이드가 심지어 돈까지 찔러주었지만 소용이 없었다. 하는 수 없이 주주는 집으로 돌아갈 수밖에 없었다.

모로코는 북아프리카에서 가장 안전하고 평화로운 국가이며 풍 물이 독특하다고 한다. 그러나 나의 모로코에 대한 동경은 중국의 여성작가 쌴마오三毛와 관계가 있었다(한국의 독자들에게는 낯선 이 름이라는 점이 아쉽다). 중국에 있을 때 나는 틈틈이 그녀의 책을 탐 독했다. 그녀가 그려낸 사랑, 북아프리카와 사하라 사막의 아름다 움과 신비는 내 마음을 흔들기에 충분했다. 아마 감수성이 예민할 때라서였는지도 모르겠다. 지금도 나는 쌴마오가 쓴 글의 한 구절 을 들으면 어느 작품에 나오는 내용인지 금방 알아맞힐 정도로 그 녀의 작품을 좋아한다. 그러나 내가 매료되었던 쌴마오의 인생처럼 내가 이 나라 저 나라를 떠돌아다니며 불안정한 생활을 하게 되리라고는 생각지도 못했다.

마드리드로 돌아오니 주주에게서 팩스가 와 있었다. 한국기원의 이사회에서 우리를 한국기원의 객원기사로 받아들이는 제안을 통과시켰다는 내용이었다. 나는 처음에 내 눈을 의심했다. 원래 간절히 원하던 일일수록 그것이 이루어지는 순간이 믿기지 않는 법이니까. 얼마나 기다리고 기다리던 소식인가! 나는 팩스를 마구 흔들며 미친 듯이 좋아했다. 흥분에 가득 차서 밤 늦도록 잠을 이루지 못했고 함께 있던 콩샹밍까지 잠을 설치게 하고 말았다.

내 마음은 갑자기 분주해졌다. 마음은 벌써 한국으로 떠나기 위해 짐을 꾸리고 있었다. 내일 미국행 비행기 시간이 멀게만 느껴졌다.

바둑, 인생, 한국

1999년 4월 9일 새벽 6시, 우리는 김포공항에 도착했다. 비행기 안에서 나는 만감이 교차했다. 처음 일본행 비행기를 타던 순간도 떠올랐고, 그동안 떠돌던 시간들과 한국에 정착하기까지의 과정들도 빠르게 스쳐지나갔다. 중국을 떠난 이후 내가 이렇게 기쁜 마음으로 비행기에 오른 적은 없었던 것 같다.

입국 수속을 마치고 택시에 큰 짐 4개, 작은 짐 4개를 싣고 바로 한국기원이 있는 성동구로 달렸다. 우리는 예전에 한번 시합차 왔을 때 묵었던 호텔로 향했다. 고급호텔은 아니었지만 기원에서 가장 가까웠다. 호텔에 도착한 시간은 오전 8시. 10시 이후에야 빈 방이 생긴다고 해서 우리는 짐을 맡긴 후 밖으로 나왔다. 아직은 시차 때문에 머리가 맑지 않았다.

4월이었지만 완전히 추위가 가신 것은 아니어서 공기가 제법 알

싸했다. 주주와 나는 크게 한번 심호흡을 하며 서울의 공기를 한껏 들이마셨다. 서울은 전에 왔을 때와는 또 다른 느낌으로 다가왔다. 주위의 풍경은 변함이 없었지만 그것을 느끼는 내 마음이 달라졌기 때문이다.

10시에 호텔로 돌아와 짐을 풀고 세수를 한 뒤 한국기원으로 직행했다. 우리가 한국에 왔다는 사실을 보고하기 위함이다. 우리가 한국기원의 하훈희 선생에게서 비자를 보낸다는 연락을 받은 후 불과 48시간 만이었다.

사실 우리는 한국기원에서 우리를 받아들이기로 결정한 후에도 여전히 가슴을 졸였다. 비자가 빨리 나오기를 고대했으며 한국에 도착하기 전까지는 안심하거나 실감을 할 수 없을 것 같았다. 어떤 변화가 생길 리 없다는 것은 알았지만 그래도 혹시 복잡한 문제가 생길까봐 두려웠다.

나는 우리를 받아준 한국과 한국기원에 다시 한번 감사했다. 앞으로는 다시 프로기사의 생활로 돌아갈 수 없을 것이라 생각하던 내게, 그러면서도 끝끝내 포기할 수 없어 애태우던 내게 한국은 기회를 준 것이다. 네 번의 시도 끝에 주어진 기회였다.

1998년 11월, 한국기원에서 회의가 열렸다. 그 안건 중 하나가 바로 우리의 일을 토론에 부치는 것이었다. 전에도 이미 세 차례나 제기되었다고 한다(그전에 두 번은 반대의견이 있어 표결에 부쳐지기도 전에 무산되었다고 한다). 안건이 통과될 수 있었던 데는 우리의 친구 차민수 선생의 도움이 컸다. 선생은 기사들에게 입장을 바꾸어 생각해 볼 것을 호소하며 설득했다고 한다. 만약 본인이 다시는 프로시합에 참가할 수 없다는 판정을 받고 그저 바둑을 가르치며 생활해 간다고 하면 어떤 느낌이 들겠냐고.

기사 중 한 사람이 중국기원의 반대를 거론하자 차 선생은 단호한 어조로 말했다고 한다.

"우선 무엇이 옳고 그른지 알아야 합니다. 그리고 옳다는 생각이 들면 당연히 실행에 옮겨야 합니다. 득실이나 이해관계에 따라 반대하거나, 그것으로 한 사람의 중요한 인생이 좌우되서는 안된다고 생각합니다. 그리고 이미 중국기원도 동의한 걸로 알고 있습니다."

차 선생은 중국바둑계와도 오랜 친구다. 중국바둑이 가장 어려웠던 1994년, 그는 스스로 자금을 마련해서 친선게임을 만들었는데 목적은 단 하나, 중국의 기사들에게 좀더 많은 시합기회를 주기 위해서였다. 선생은 우리가 한국에서 바둑을 둘 수 있게 하기 위해 할 수 있는 일을 다했다. 특히 중국기원 원장인 천쭈더 선생을 찾아가 간곡하게 부탁했고 천 선생의 이해와 지지를 얻었다. 큰 힘을 얻은 선생은 중국기원을 찾았다. 중국기원은 검토를 거쳐, 해외의 중국기사가 다른 나라 기원이 여는 대회의 참가를 제한하지 않는다는 결정을 내렸다. 중국기원은 한국가원과 일본기원에 공개서신까지 보내주었다. 그후에 선생은 우리를 한국에 정착시키기 위해 한국기원의 문을 두드렸다.

여러 차례 타진한 끝에 투표에 부치는 데까지 오게 됐다. 우리의 바둑운명이 결정되는 아주 중요한 순간이었다. 만장일치는 아니었지만 찬성표가 많아 순조롭게 통과됐다. 한국기원의 기사들은 자신

나는 한국의 바둑기사다.

들의 손으로 우리에게 새로운 삶의 길을 터준 것이다. 차민수 선생과 한국의 바둑기사들에게는 어떤 말로도 우리의 감격과 고마움을 다 표현할 수 없다. 그저 열심히 노력해서 빠른 시간 안에 10년의 공백을 메우는 것이 우리를 도와주고 지지해준 사람들에게 보답하는 길일 것이다.

회의가 끝난 즉시 차민수 선생은 샌프란시스코에 있는 우리에게 전화를 걸었다. 주주가 전화를 받았는데 선생의 웃음소리가 크게 들렸다. 선생은 계속 웃으며 "정말 잘됐어요, 정말 잘됐어요"라는 말만 거듭했다. 내 마음도 뛰기 시작했다. 갑자기 날아든 희소식에 우리는 뭐라 말해야 할지 모를 만큼 기뻤다. 도저히 사실이라고 믿어지지가 않았다. 마침내 기나긴 우리의 기다림은 끝나는 것인가? 마침내 우리가 다시 프로기사가 되는 것인가?

통화 끝에 선생은 이사회의 통과가 한 번 더 남았다고 했다. 기사 회의에서 통과된 안건이 이사회에 넘겨져 승인을 받는 것이 한국기원의 절차라고 했다. 이사회에서 통과되면 최종적으로 완벽하게 매듭지어지는 것이다. 우리가 불안해하자 선생은 거의 다된 일이니 크게 걱정할 것 없다는 말로 우리를 안심시켰다.

주주와 나는 가슴을 졸이며 이사회가 열리기만을 기다렸다. 내가 얼마나 애타게 기다렸는지 이런 어처구니 없는 일도 벌어졌다.

어느 날, 한밤중에 전화를 받은 주주가 헐레벌떡 침실로 돌아오더니 자고 있던 내게 한국기원의 이사회 날짜가 정해졌다고 알려주었다. 12월 10일. 잠결이었지만 그 날짜는 내 머릿속에 단단히 박혔다.

어느새 11월 말이 되었다. 어느 날 저녁식사 후에 산책을 하던 주주가 한숨을 쉬며 말했다.

"아, 이사회가 언제 열릴지 모르겠네. 이렇게 기다리기만 하면서 하루하루를 보내려니 정말 힘들다."

주주의 말을 듣고 나는 깜짝 놀랐다.

"뭐라구? 이미 정해진 거 아니었어?"

"언제?"

"12월 10일."

"누가 그래?"

"당신이 분명히 내게 말해주었잖아. 12월 10일이라고!"

오히려 내가 더 놀랐다. 어떻게 이토록 중요한 일을 잊고 있을 수 있단 말인가. 나는 그 당시의 상황을 설명했다.

"내가? 언제? 그런 일 없었는데……."

알고 보니 내가 꿈을 꾼 것이었다. 전화는 온 적도 없었고 당연히 12월 10일 이사회 회의는 열리지 않았다.

길고긴 겨울이 지나가고 있었다. 무한정한 기다림은 견디기 힘들었다. 처음의 흥분이 점점 회의로 바뀌어갔다. 공연히 기뻐한 것은 아닌가 두려웠고 우리의 고난이 끝없이 계속될까봐 두려웠다. 이 모든 것이 한바탕 꿈으로 끝날까봐 두려워 떨며 나와 주주는 서로를 위로했지만, 이번에도 이루어지지 않는다면 아마 영원히 곤경에서 헤어나지 못할 것이라는 점을 우리는 분명히 느끼고 있었다.

그러나 조급함은 하나도 도움이 되지 못했다. 우리는 스페인의 바르셀로나에서 열리는 우칭위안배에도 참가하고 기분전환도 할 겸 유럽을 다녀오기로 했다. 그리고 여행중에 드디어 기쁜 소식을 받고 부랴부랴 미국으로 돌아왔다.

한국기원은 우리를 위해 비자수속을 밟기 시작했다. 약 2주 정도 걸린다고 했다. 주주는 학생들에게 그 소식을 알리기 시작했다. 수업 계획도 취소했다. 나는 짐부터 챙겼다. 옷 몇 벌이면 충분했다. 거실에 싸놓은 짐을 보고 학생들과 친구들은 우리의 출발이 임박했음을 알아차렸다. 40일을 더 기다려야 했기 때문에 사실 그렇게 일찍 짐을 싸놓을 필요가 없었는데도 나는 그 짐을 보며 뭔가를 확인받고 싶었던 것이다. 이번에는 정말로 떠나는 거야.

4월 9일 호텔을 나와 한국기원을 방문한 우리는 입국을 보고하고 공지사항이 적힌 서류를 확인했다. 맨 처음 한국기사의 명단을 받아보니 모두 138명이었다. 9단 기사가 적혀 있는 페이지에서 나는 열아홉번째로 그리고 주주는 스무번째로 이름이 올라 있었다. 우리 이름 뒤에는 '객원기사'라고 쓰여 있었다. 우리의 앞에는 이창호, 유창혁이 있었다. 그 외 1년 동안 열리는 한국기원의 모든 대회일정표, 대회명칭, 규모, 게임방식, 대국료 등이 자세하게 적혀 있었다.

기원의 직원은 우리가 참가할 수 있는 항목(가령 신예, 신인왕 등의 시합은 참가할 수 없다)을 하나하나 체크해 주었다. 모두 9개의 항목이었던 것으로 기억하는데 나는 여자시합이 있어서 두 가지가 더 있었다. 그리고 LG배, 삼성배 등 세계대회의 예선이 더 있었다. 세상에 이렇게나 많다니! 심장이 두방망이질치는 바람에 나는 잠시 호흡이 가빠왔다.

"됐습니다. 앞으로 두 분 힘내십시오."

그는 서류철을 덮으면서 우리에게 말했다.

"예에?"

이렇게 간단하단 말인가? 우리는 동시에 서로를 바라보며 이상하다고 생각했다.

"이게 다인가요? 그밖에 더 없습니까?"

나는 조심스럽게 일본어로 물었다. 아무래도 확실히 해두는 게 좋겠다고 생각했다.

"무슨 말씀이죠?"

이번에는 그의 표정이 의아해졌다. 주주가 말했다.

"가령 기사로서 어떤 의무라든지, 주의할 점이라든지……."

우리의 얘기를 알아들은 그는 마지막으로 이렇게 말했다.

"대국날에는 늦으면 안됩니다."

직원이 우리의 말을 이해하지 못한 것은 언어문제 때문이 아니었다. 한국기원에는 기사들을 피곤하게 하는 복잡한 규정이 없었던 것이다.

주주와 나는 서로의 얼굴을 쳐다보며 활짝 웃었다. 한국에서의 바둑기사 생활은 이렇게 시작되었다.

장과 루이의 삶이 우리에게 말하는 것
─오로지 한 길을 간다

편집기획자로서 내가 가진 믿음 중의 하나는 편집자는 책 속에서 직접 발언을 해서는 안 된다는 것이다. 편집자가 텍스트에 대해, 혹은 텍스트의 가공 방식인 편집에 대해 직접 말을 한다는 것은 옷을 짓는 이가 바느질한 흔적을 보이는 것처럼 스스로 편집자로서의 능력이 부족하다고 고백하는 것과 같기 때문이다(물론 예외는 있다. 편집자가 엮은이, 혹은 글쓴이의 성격으로 책을 내는 경우는 다르다).

어떤 책의 출간 과정에 관한 후일담 성격의 글이나 토로들은 언제나 내 관심을 끈다. 책을 둘러싼 담론과 논란이 많아야 출판계가 발전한다고 믿고 있기 때문이다. 그러나 그것은 어디까지나 바로 그 한 권의 책 속에서가 아니라 책을 둘러싼 여러 매체들에서 표현되었을 때 그렇다.

이런 소신의 배경에는 '책은 그 자체가 생물체여서 편집기획자의 의도를 뛰어넘는다'는 믿음이 깔려 있다. 편집기획자는 당연히 사전에 어떤 컨셉을 갖고 편집 작업을 하지만 독자들은 그런 의도 와는 또 다른 차원에서 다양한 방식으로 책과 대화한다. 그러니까 편집자가 책의 출간에 대해 무엇인가 표기한다는 것은 지나친 친절 이고, 독자들의 다양한 방식의 개별적인 책 읽기를 방해할 수도 있 다는 것이 내 생각이다.

그럼에도 불구하고 나는 『우리 집은 어디인가 1, 2』의 출간 과정 에 얽힌 이야기를 이 지면에서 털어놓으려고 한다. 이 책에는 조금 긴 일러두기가 필요하다고 생각했다.

루이나이웨이를 처음 만난 것은 2002년 3월 9일 토요일, 그녀의 집에서였다. '반상의 철녀'라고 불리는 그녀를 매스컴에서 익히 보 아왔지만 이처럼 직접 만나게 된 계기는 한 대형서점의 웹진에 실 린 그녀의 인터뷰 기사 때문이었다. 내가 잘 아는 시인이 인터뷰어 로 나선 그 기사에서 그녀는 소박하면서도 명료한 대답을 하고 있 었는데, 가령 이런 식이었다. "중국의 386세대인데, (천안문 사태와 관련지어) 중국을 떠나온 건 정치적인 이유에서였냐?"라는 질문에 "아니오, 오로지 바둑 때문에"라고 바로 답했다(언젠가 한 지면에서 나는 루이나이웨이와 장주주가 천안문 사태 시위에 가담했는데 그 이 유로 중국바둑협회 집권층과 불편했을 거라는 추측 기사를 읽은 적이 있다). 또 "바둑에 매달리고 바둑을 공부하는 것이 무슨 의미냐"는 질문에 "바둑과 저는 하나예요. 딴 거 생각 안 합니다. 해본 적 없어 요"라고 답했다. 어눌하고 특별할 것 없는(너무 단순한) 이 대답의 진정성이 나는 좋았다. 질문을 보면서 긴장했던 나는 답변을 읽고 살짝 웃음을 지었던 것이다.

그 인터뷰에서는 '중국인'과 '386세대' 그리고 '추방당한 세계적인 바둑인'을 아우르는 말들이 오갔지만 그녀는 처음부터 끝까지 바둑인으로서의 정체성을 잃지 않고 소박한 답변을 계속해 나갔다. 나는 그녀의 인생에 관심이 갔다. 30대 여성이 조국에서 쫓겨나다시피 일본과 미국을 떠돌다 한국에 정착한 점, 또한 2000년에 그 유명한 이창호와 조훈현을 누르고 '외국인' '여성'으로는 처음으로 국수에 오른 점 등등이 흥미 이상의 깊은 관심을 불러일으켰다.

편집기획자들은 저마다 경중의 차이는 있겠지만 모든 세상일이 출판거리는 아닌가 하고 생각하는 직업병을 가진 사람들이다. 나는 바로 그 직업병이 발동하여 루이나이웨이를 그 시인과 함께 만나게 된 것이다. 예상했던 것보다 훨씬 한국말을 잘하는 그녀와 남편 장주주는 우리를 반갑게 맞아주었다. 부부는 우리와 대화를 나누다가도 서툰 표현이라고 스스로 느끼는 대목에서는 서로 빠른 어투의 중국어로 소통하며 더 적절한 한국말을 찾아내곤 했다. 그들 부부가 함께 경희대 국제교육학원에 다니는 학생인지라 서로 한국말 익히기에 도움을 주고받는 파트너였다. 어디 그뿐인가. 그들은 세계적으로 유일한 부부 9단 바둑기사였으니 서로의 바둑에 얼마나 큰 도움을 많이 주고받았을까.

결혼한 지 10년이 되었다는 부부에게는 아이가 없다. 그들에게 "하루 종일 바둑만 두세요?" 하고 어리숙한 질문을 하니, 부부는 "그렇다"고 활력이 넘치는 한 목소리로 대답했다. 참으로 흥미로운 일, 세상에서 가장 재미있는 일이 바로 바둑이란다.

어쨌든 나는 루이나이웨이에게 편집기획자로서의 욕심을 마음껏 표현했다. 루이나이웨이는 한참 동안이나 출간과 관련된 여러 사항들을 묻더니 책 한 권을 꺼내주었다. 중국에서 1년여 전에 출간된 『천애기객天涯棋客』(중국 學林出版社, 2001년 발행)이었다. 루이나이웨이와 장주주가 공동으로 쓴 책이었다. 중국에서도 스타인 그들의 자전적인 기록이었다.

나는 루이나이웨이의 책 출간에 순풍이 부는 것을 느꼈다. 그 책에서 루이나이웨이가 쓴 부분을 간추리고 또 추가로 원고를 청탁하면 책 출간 진행 속도가 빨라질 것 같은 예감이 들었다.

며칠 후 섭외한 중국어권 번역자 전수정 씨와 함께 계약서를 들고 다시 찾아갔다. 계약서에 관한 부분을 상세히 설명해 줄 필요가 있었기 때문이었다. 계약을 마친 후 곧바로 『천애기객』의 번역 작업에 들어갔다. 그리고 놀랍고 새로운 사실을 발견했다. 장주주의 바둑인생이 그것이다.

따라서 애초에 루이나이웨이 한 사람에 맞춰져 있었던 책 출간 계획에 전면적인 수정을 시작했다. 이 부부의 책을 함께 출간하기로 한 것이다. 1종 2권의 책으로 목차를 새로이 구성하였다. 1권은 루이나이웨이가 저자가 되고, 2권은 장주주가 저자가 되는 구성이었다. 우리는 1권을 4부로 나누어 1부는 루이나이웨이의 최근 한국 생활, 2부는 중국에서의 바둑 입문 과정과 선수 생활, 3부는 일본에서의 유학 생활, 4부는 결혼 후 미국 생활과 한국으로 오기까지의 과정을 수록하기로 했다. 한편 2권은 3부로 나누어 1부는 장주주의 중국에서의 바둑 입문 과정과 선수 생활, 2부는 미국에서의 바둑

보급 활동 과정, 3부는 루이나이웨이와 함께한 한국 생활을 수록하기로 하였다.

책을 만드는 동안 장주주, 루이나이웨이는 정성을 다하여 헌신해 주었다. 사진 촬영을 할 때도 서로를 배려하는 아름다운 모습을 보여주었다. "누가 바둑을 더 잘 두시나요?"라는 우문에 그들은 서로를 가리켰다.

이 책을 마무리할 즈음에 빅 뉴스를 접했다. 세계 최초로 부부 기사가 대국하게 되었다는 소식이었다. 2002년 12월 28일에 있었던 〈맥심배〉에 장주주와 루이나이웨이가 맞붙는 대국이 바로 그 세계 최초의 사건인 것이다.

내가 본 그들의 모습은 종교적인 수행자와 같았다. 바둑판 위의 인생은 끝이 없고, 한없이 변주 반복된다. 그들은 오직 바둑 한 가지에만 몰두하고 있었다. 온갖 욕망들에 시달리는 현대인은 감히 범접하기 어려운 경지라고도 생각되었다. 그들은 그 하나를 위해 조국을 떠나 한국에 정착했다. 국경의 의미가 나날이 희미해지는 시대이기는 하나 그들에게 바둑은 그 국경조차 가뿐히 뛰어넘게 만드는 절대적인 그 무엇인 것이다.

그들의 삶은 단순 소박해 보였다. 프로 기사의 수입이 정확히 얼마인지는 모르나 그들은 무척 검소하게 살면서 그들이 추구하는 세계에 깊이 빠져 결코 한눈을 파는 일이 없었다. 그들의 겸손함, 그들의 자신감은 깊은 영혼의 세계에 눈뜬 사람들에게서만 우러나는 것이라는 사실을 알 수 있었다.

이제 그들이 걸어온 길, 중국에서 각자 바둑을 배우고 선수 생활을 하고, 국가대표팀이 있는 베이징에서 서로 만났고 미국과 일본을 떠돌다 마침내 한국에 정착했던 전과정의 이야기가 오롯이 우리 독자와 만난다.

바둑에는 복기復棋가 있다. 자신이 둔 바둑을 다시 두면서 대국 당시의 긴박한 상황을 혼자가 된 시간에 다시 되돌아보는 것이다. 이 책은 루이나이웨이와 장주주, 장주주와 루이나이웨이에게 있어 복기에 해당된다. 그것도 바둑은 물론이고 인생 자체에 대한 복기인 것이다. 바둑과 그들의 삶은 결코 분리될 수 없는 하나이다. 이들의 곡진한 바둑에의 꿈이 없었다면 그들은 이 서울에 자신들의 거처를 결코 마련할 수 없었을 것이다.

이제 이 책을 펴내며 세계적인 바둑기사 부부의 융숭한 삶이 독자들에게도 공명하기를 간절히 바란다.

2002년 세모에 편집자 씀